独行天下
旅行文学系列

陈冬雷 著

彩色非洲

非洲四大古国穿越之旅

测绘出版社

© 陈冬雷 2015
所有权利（含信息网络传播权）保留，未经许可，不得以任何方式使用。

图书在版编目 (CIP) 数据

彩色非洲：非洲四大古国穿越之旅 / 陈冬雷著 . -- 北京：测绘出版社，2015.1
ISBN 978-7-5030-3600-2

Ⅰ．①彩… Ⅱ．①陈… Ⅲ．①旅游指南 – 非洲 Ⅳ．① K940.9

中国版本图书馆 CIP 数据核字 (2014) 第 275527 号

策　　　划：赵　强	
责任编辑：赵　强	
执行编辑：徐以达	
责任印制：陈　超	
装帧设计：水长流文化发展有限公司	

出版发行	测绘出版社	电　　话	010-83543956(发行部)
地　　址	北京市西城区三里河路 50 号		010-68531609(门市部)
邮政编码	100045		010-68531363(编辑部)
电子信箱	smp@sinomaps.com	网　　址	www.chinasmp.com
印　　刷	北京新华印刷有限公司	经　　销	各地新华书店
成品规格	170mm×230mm	印　　张	15.5
字　　数	150 千字	版　　次	2015 年 1 月第 1 版
印　　次	2015 年 1 月第 1 次印刷	定　　价	42.00 元
书　　号	ISBN 978-7-5030-3600-2		

本书如有印装质量问题，请与我社门市部联系调换。

珍惜惊喜

前言 Preface

非洲，给人的最大感受是惊喜，给人的最多感受依然是惊喜。脚步一旦踏上非洲大地，曾经的神秘与陌生尽被惊喜消弭。

对大部分中国人而言，非洲神秘得令人好奇，遥远得令人陌生，道听途说的认知，断章取义的信息，更增添了神秘与陌生，更勾起了兴趣与好奇。如今，交通已变得便捷，距离再不是问题。近些年，越来越多的国人走进非洲，时尚的旅行带来的认知冲击，渐渐有了文化意义，不少人将所见所闻所思所感写成文、集成书，把一个真实的发展的非洲介绍给中国读者。

我有幸成为其中的一员，但我的行走不算深入，也没有充裕的时间沉下身子体验，"浅尝"与"走马"的感受总有浮光掠影浮皮潦草的嫌疑，但第一眼的印象和感觉总是最直接最真实，对精神和思想的冲击也最强烈，而且我不是简单的叙述，而是融入情感揉进沉思，梳理出自己独特的感悟。

在日常生活被繁盛的物质统率的时代，我们的身体已被物质绑架，精神也为物质奔波，仿佛能让精神吹拂文化清风的空间越来越小，因为文化也紧跟着物质的步伐快乐得有点轻浮。精神成为物质的俘虏，文化也为物质服务，我们的身心承受，如今越来越感到了疲劳。

我们惊叹财富增长，也惊讶贫穷落后；我们惊恐污染严重，更惊惧饮食不安全。我们有太多的惊心怵目，因惊诧而惊乱，因惊异而惊慌，因惊惶而惊魂，因惊觉而惊虑，假如生活中多了一些惊奇，都是值得惊呼庆幸的，然而我们最需要的是惊悦和惊喜，哪怕惊喜交集，哪怕惊喜若狂。

是的，需要惊喜。生活需要，精神需要，因为稀少，越显重要。

或许这么说有点沉重，不排除有人抬杠，别较真，我不接招。我深知心态很重要，惊喜无处不在，就看你具不具慧眼与慧心，愿不愿享受和得到，想不想精神脱离几次物质的羁绊，让心情豁然敞亮。

　　放松，变换一下环境，走出去，见识别样的人文与风景，不必刻意，身边掠过的所有陌生都可能愉悦身心。旅行的大众化，是丰满了的物质援助给精神的最佳款式。

　　我非常高兴地看到，这种款式越来越流行。

　　在非洲的每一天，经常令我由惊愕到惊喜，几乎到处都能遇到中国人，好像哪里少了中国人的身影才引我惊诧。非洲的神秘敞开在我面前后，我能做的就是感受惊喜寻找惊喜记录惊喜。越远的路途，越能带来兴奋，身体的疲惫时刻被突然而至的惊喜滋润，于是便遗憾行走的旅途实在太短。

　　非洲太大，我只到了埃及、埃塞俄比亚、肯尼亚和南非，好在这四个国家很有特色，也颇具代表性，每一天的每一瞬间都会有意想不到的惊喜。我时常感觉像走进了一本厚重的古书，我想把每一个字符都记熟，然后描述给身边的人。

　　发现与思考，给了我许多特殊的人生体会，而旅行中的发现与思考，更给了我泽润灵魂的体悟。我享受这些体会和体悟，享受得惊喜交加。

　　生命需要惊喜，易不易得，都应珍惜！

——陈冬雷

2014年11月20日

目 contents 录

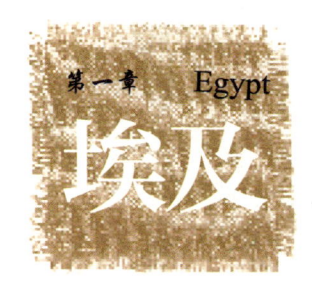

第一章 Egypt
埃及
厚实的土黄

- 002 落地心慌
- 012 老板导游
- 022 吉光片羽
- 033 金字塔的影子
- 041 帝王谷的阳光
- 054 沙漠生命
- 064 蓝色红海

第二章 Ethiopia
埃塞俄比亚
鲜艳的深绿

- 078 行走的国民
- 086 "非常很好"
- 096 一个人的离去
- 106 俯瞰盛世

第三章 Kenya
肯尼亚
动感的金色

- 118 平坦大裂谷
- 128 与动物同居
- 140 寻找惊喜
- 153 富有与贫穷
- 164 东非小巴黎

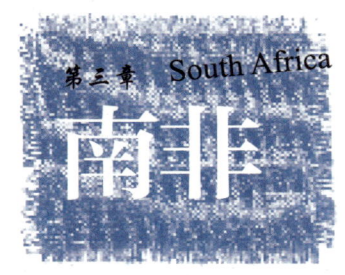

第三章 South Africa
南非
深邃的蔚蓝

- 174 一个人的自由
- 188 企鹅企鹅
- 199 望好望角
- 211 桌山的桌
- 222 守鹰老人
- 232 路过迪拜，到王子家赴宴
- 242 后记

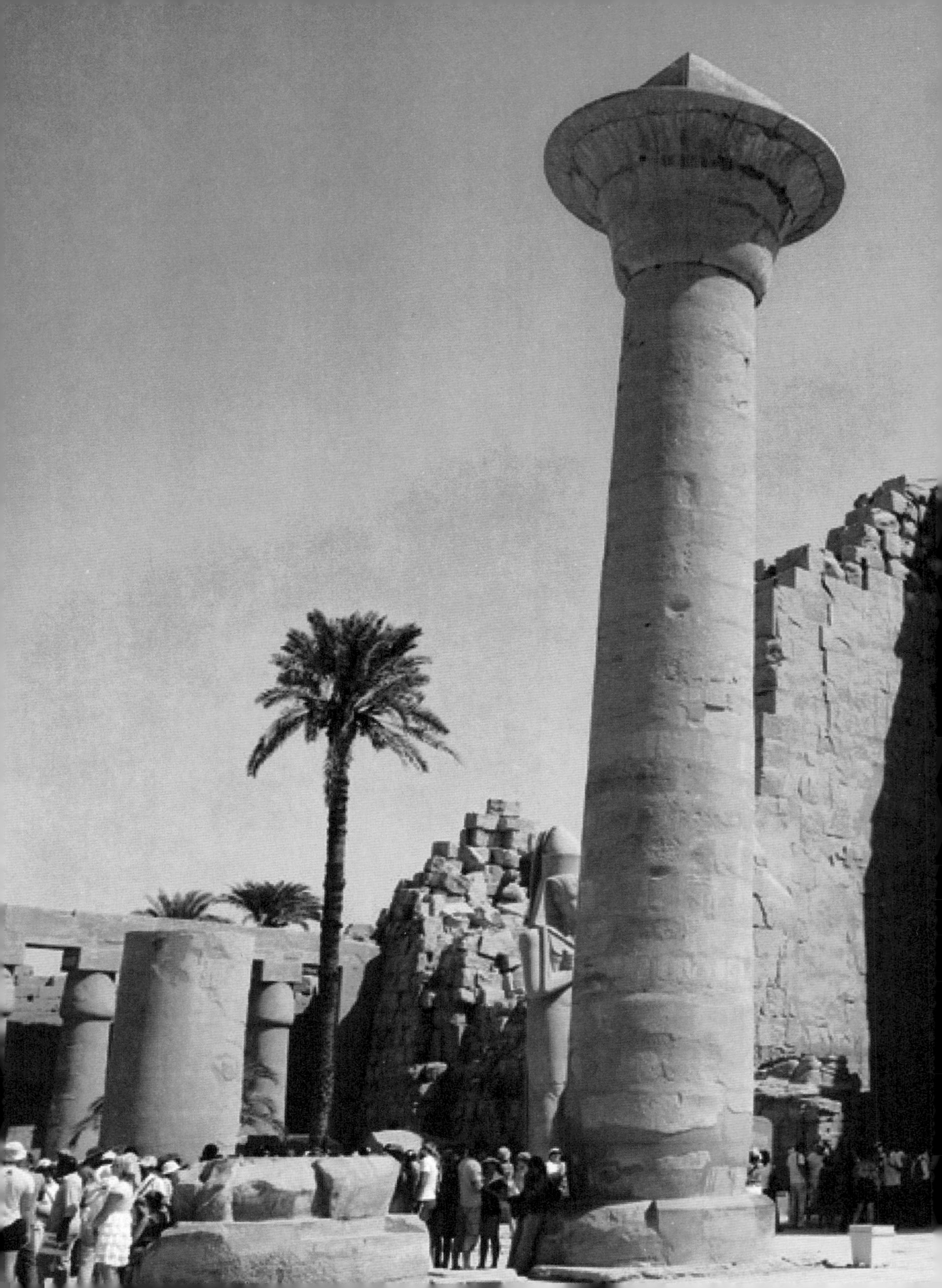

第一章 埃及
厚实的土黄

SECTION 01 落地心慌

如果说哪个国家历史悠久，我会情有独钟选择中国；如果说哪个国家充满神秘，我会毫不犹豫指向埃及。

埃及是我的书本，也算我的梦乡，更是远方的远方，不走近走进，只能永远停滞于纯粹的知识，虚构为模糊的故事。她悠韵丰满的模样，只能固守成死板的图片和僵硬的想象。

起码少年时第一次接触世界历史，便知道了神秘得如同神话的埃及，她的金字塔，她的木乃伊，她的尼罗河，她的文字和神庙，她的法老和艳后……除了自己的祖国，好像再没有哪一个国家的历史能在我少年的记忆里印象如此深刻，深刻到常常跟自己祖先的古老文化对比，想象她如果一直延续至今，世界该是怎样的模样和状况。可惜，曾经一度辉煌的文明却似乎一夜之间沉寂成谜语，流传成神话。她是失落了呢，还是隐藏了？抑或逃离？

不论谜语还是神话，字字写在书本里，句句说在电影里，件件听在传说里，还不够，远远不够，埃及的历史呈现给人类的是立体的站姿，不身临其境，难识其真貌，难感其神奇。如果能有一次长途旅行的抵达，去到书本的描述里，电影的画面里，传说的情景里，感应生活，验证知识，哪怕时光倒错我也愿意。所以，不管什么时候，也不论什么季节，成本不计，方式撇开，只要能去一次埃及，仿佛已经不是了却心愿那么简单，隐隐有探寻来路般的荣幸和庄严。

秋天总预示着收获。这次去埃及恰好赶在了秋天。秋高气爽，心情比气候

Egypt

第一章 埃及

开罗附近的地貌

还舒爽，埃及多像一位情感饱满的秋水伊人啊，秋波盈盈地在远方等我。

距离永远考验人，无论情绪还是精力，绝对能磨砺出好修养。飞机从广州起飞时已午夜，四个小时的时差加上七个半小时的航程，降落于迪拜时仍是当地的黑夜，然后再转机飞开罗，平常酣睡的时间完全奉献给了漫长的路途。

基本没有睡，无法睡，激动着新奇，适应着不习惯。第一次超长时间乘飞机越洋跨洲，狭窄的机舱拘束了身子也委屈了心神。身子疲，精神困，想睡，想要一个沉沉的梦，但不管怎么个姿势，都别扭得似睡却醒。伸直腿舒服一时，蜷曲腿再舒服一时，假如坚持一个姿势必是痛苦和煎熬。机舱并没坐满人，后舱有人平躺着，要么三个座位要么两个座位地占着，瞧一眼他们的睡姿都觉得舒服。他们是一批有经验的人，一上飞机先坐进后舱占位子，一旦坐不满等于收获免费的卧铺。当然，有经验的人很多，就看谁能抢得先机，当然还要看运气。以至于后来再乘坐国际航班，我也尝试如此这般，竟几次碰上好运气。

夜深沉，舷窗外一色的黑，没有景色更没了赏景的心境。舱内的灯熄了，个别阅读灯安慰地告诉我，还有睡不着的人。我拿出特意携带的关于埃及的书，试图用阅读打发瞌睡虫。灯光下的文字像神秘的埃及一样朦胧模糊，那应

01 落地心慌

从飞机上俯瞰大地

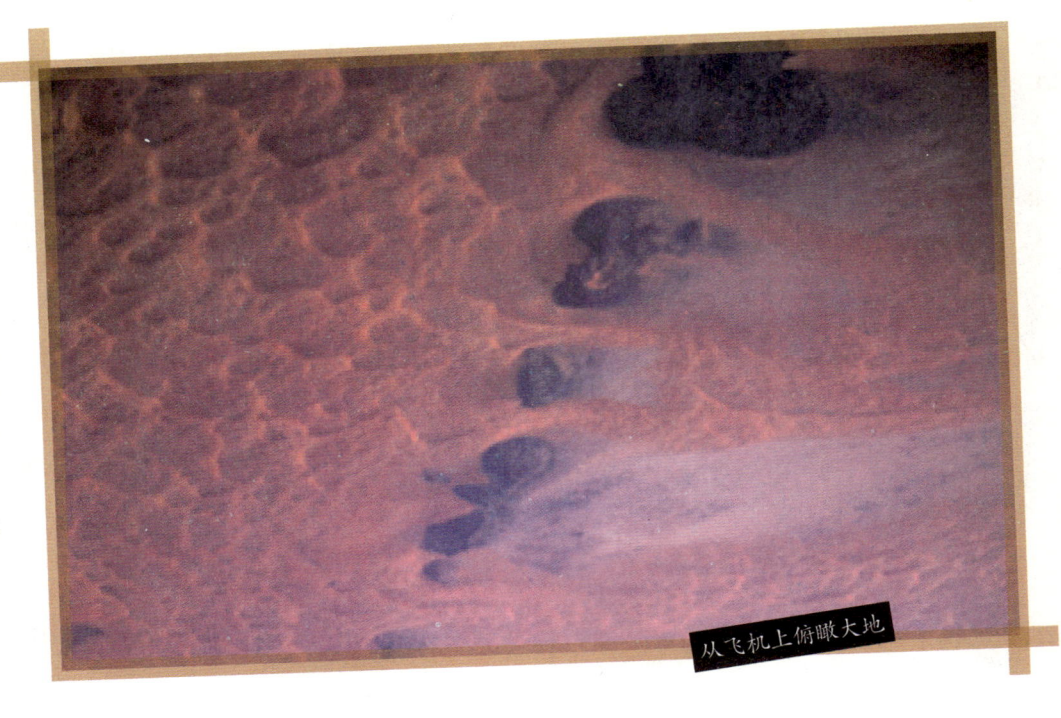

该不是文字的本意。仿佛有某种精神在暗示，那些文字组合的内容都是曾经掌握的知识，即将身临其境，何必再挤占养精蓄锐的时间去重温旧学。我挣扎了一番，但看不了几行字眼睛便干涩起来，意念逞强却精神萎顿。真合上了书，依旧睡不熟。送餐了，一个荷包蛋，两个面包，一个火腿。猛然地亮灯刺激得眼睛逃难般想躲进疲乏，但美食诱惑了饥肠。拆开湿纸巾，蒙在眼睛上，企图让精神慢慢复苏。

一抹亮打在机翼上，继而透射到舷窗边，天空朦胧了暗蓝，大地模糊着深灰。终于，太阳的红收服了大地天空，灿烂得我不敢张望她的脸。我的精神被阳光照醒了，疲乏被白天吸附了，取出相机，开始捕捉和欣赏。

下方是陆地，热情的朝阳将波纹状的沙漠激动得满面酡红，海一样层叠卷涌金浪。渐渐地，阳光趋白，金浪平息，大地清亮得几乎一色的灰黄，茫茫不见生机。凭判断，应该是沙特阿拉伯的土地。那么平坦，偶尔的起伏也是波澜不惊的婉转。如果灰黄里突然渗染斑斑黑点，必是突兀的山包，进而连绵。黄沙汹涌地往山脊蔓延，山间的沟谷早已被沙石塞满，一条条黄澄澄的，仿如干涸久远的河床，又恍若流动着浑水。

满目苍凉，真怀疑那怎么会是人类栖息的家园，直到发现点点绿意，紧皱

Egypt

的眉头方才舒展。那绿意是圆的，仿佛注进了人生圆满的理念。绿意不孤单，成片成串，活泼了周边的荒蛮。我揣测那是人力的贡献，圆里储存的一定是生命之源，珍贵的水，或许沙漠的拒绝并非出自本愿。从来的认知里，我一直以为沙漠没有生命没有水，去了敦煌看了月牙泉，方才明悟大自然时时处处充满神奇。一次去新疆的路上，在空中见证了抑或孤零抑或连片、既湛蓝又明澈的沙漠湖泊，简直令我欣喜若狂。

沙漠的地下呢？埋藏着多少宝贝呀！她把地表的丰富掩藏了，把河水流淌进了地下，流成了黑色的石油，氤氲了无色的天然气。大地从不吝啬，只是表达方式丰富多彩。遍观沙漠横行的土地，哪里的地下不是油气汹涌翻滚，翻滚得整个世界都为之疯狂。

珍宝的品德是低调是潜隐，轻浮的曝光是沽名钓誉者的品格。

或许大地也是公平的吧！寸草不生的沙漠，如果没有地下宝藏，岂止可怜与残酷。恰是当下，世人谁不羡慕上天过度垂青海湾这片土地，竟将深闺里的倾世美人调养得如此沉鱼落雁，一日出闺，惊魂全球，纷纷伸手，意图据为己有。

生为海湾人，该是怎样一种心情？

过红海了。红海一点也不红，而是纯粹的蓝，蓝得深沉又深邃。不知为什么叫红海，有点名实不副。水一旦红，不免让人恐怖，哪有蓝舒服。

天气好得出奇，一丝云都没有，低空却起了稀疏的雾。是雨神在从海水里提取红利吧，黄腾腾的，多惹人眼呢！雾把视野模糊了。随着接近埃及，连空气的能见度都减弱了视力，真是千方百计，不想让人窥探她的神秘。

红海转眼就过了。西奈半岛是荒漠一般的，过海后依然满目灰黄，而且越走越灰黄。有白云试图点缀，润泽初见的印象，但灰黄太放荡，如大地娇纵的爱子，肆意蛮横，汪洋般浩瀚。

开罗也看不到几点绿，好像连绵的建筑也是灰黄的，幸亏有尼罗河，一条生命的链，关爱了开罗的饥渴冷暖。荒原沟壑浅缓，有流水遗迹，携走了沃土，也湮灭了生机。有黑色油路伸延，连接了文明，也分割了今昔。外围的房屋点状分布，一幢幢如乡村别墅；城里的楼群密匝稠迭，一丛丛似城中村庄。高楼多沿尼罗河排列，把河水挤缩得沟渠一般。河中有沙洲，活跃了水泥森林

俯瞰开罗

沉闷的重叠。然而绿意一直虚弱得几可忽略，只有河洲上诗意着绿茵。

飞机渐渐旋低，我紧贴舷窗，仔细辨识大地上是否有尖锐的隆起，金字塔的身影，世界的奇迹，空中目睹是否能体味别样的刺激。然而，视野里尽是柔软浮荡的云，若山若海，接连着灰黄的大地，却怎么也不像金字塔。金字塔应该是硬的，石堆的墓，不像云朵看上去那么舒服，尽管温度都一样的清冷。

金字塔不会躲藏我的，外观的雄伟注定是为了吸引人。我在遥远的中国被她吸引而来，到了近前，她顶多再跟我捉回迷藏，好把她神秘的面纱揭开在最后的微妙时刻。或许，她跟大地一个颜色，巧妙的伪装不是隐形，而是亘古一体的无间亲密，我的肉眼分辨不出显而易见的差异。

越过灰黄的城市，灰黄的沙漠，因为看不见唯一黑色的跑道，仿佛飞机降落在了灰黄的沙漠上。没有草，更没有树，除了跑道，除了停机坪，尽是或平整或起伏的黄沙，纯粹的沙漠机场。滑行，滑行，黄沙，黄沙，心神有点慌，好像心头开始敷上一层细沙，感觉在走向渺茫，走向蛮荒，走向废墟里的倒塌，唯有埃及才拥有的倒塌，灰黄的，隔断了历史的车辙，埋藏了盛世的喧哗。

如果看不太清，便接近了埃及的本相。

Egypt

第一章 埃及

沙漠里的开罗机场

沙漠里的生命痕迹

　　入关很容易。态度认真地填写入境申请卡，我的艺术汉字写得几乎雷同于医生的处方，鬼画符般潦草无拘，反正不像阿拉伯字。关员看看我的脸再看看我的护照，确定不是假冒，啪的一声盖了章，笑容可掬地放我走进他们的家园。我是客人，远道的客人，一身黄色的肌肤，跟他们生息的土地颜色最契合，希望他们感到了亲切。

　　埃及的大门，没有紧闭，没有半遮半掩，而是友好地向我敞开。

01 落地心慌

踏足的第一步，我就望门里瞅了瞅，仿佛有一位鹤发童颜的老者在那里等待。汹涌的新奇与神奇，从门边荡漾而去。

可是，行李出了问题。传送带已空空如也，我们的三个旅行箱不知去向。经查问，原来被转上了去卢克索的航班。埃及人太热情了，刚落地，这么急不可耐地要我们多走走多看看。盛情不却，好意不违，行李却是要随身的。

第一印象的开罗有点远，离中国远，似乎离机场也远。柏油路宽阔平坦，伸展在浩荡的沙漠里，总显得瘦小可怜。黄色，黄色，埃及的黄色已把我的眼睛疲倦成色盲。感谢流动而多彩的汽车，修复了我的视觉。车流不息，时而拥

Egypt

第一章 埃及

宣礼塔与现代建筑遥相媲美

曾经高大雄浑的建筑现已成破败不堪的废墟

堵，时而蜗行，人类创造的繁荣，几乎漫延到世界的每个角落。

我一直在琢磨一个有趣的循环：过去没车时慢，如今有车了，却重新回归了慢，有时慢得甚至不如徒步轻快。过去步行累身，如今驾车累身又累心，真是文明的负担。

立体的土黄铺天盖地，好像所有的建筑都尊重了简拙与浑朴，裸露的砖墙透视着金字塔特有的陈迹。看不到多少着意的修饰，即便修饰仍是土黄，抹平了圆润了一点而已，给我们习惯了豪华讲究的感官丝丝抚慰。土黄的色泽一直给我不大干净的印象，好像蒙落了一层灰，甚至结成陈年的垢。街边的不整洁

01 落地心慌

不识时务进而雪上加霜，整个城市仿佛不修边幅，归不到不拘小节的随意，而是无所谓的邋里邋遢。

曾经想象的雄浑高雅难道都一股脑儿地凝固进了倒塌的废墟？

抑或是高贵过的废墟起死回生的拙劣演示？

即便辉煌曾经断裂，开罗也不该这般模样。

真有点害怕去看倒塌的神庙，还有依然巍巍的金字塔，因为不想失望，书本和想象的神秘与壮观，一旦被残酷击打，宁愿固守书本和想象。

初识埃及，初到开罗，我的心有点慌。

"那是被疲劳和饥饿折磨的。"我的同伴跟我开玩笑。疲劳有一点，但饥饿说不上。自昨天国内出发然后迪拜转机，飞机上吃了三餐，机场吃了两餐，仅半天一夜，饱食了五顿饭，创了我自己饮食的吉尼斯记录。

但吃早餐的宾馆缓解了我的心慌。宾馆有院落，进门后的环境像国内的小园林，绿意扑面，清爽安静。餐厅宽大，圆桌错落，餐饮自助，西式的，丰富得无从下手。除了我们几个东方人，都是阿拉伯面孔，大部分女士都脸遮面纱，黑色的，与通体长衫连缀得天衣无缝，只有两只忽闪的眼睛裸露着隐秘。她们时不时瞅一眼这边，显然对我们这帮东方人也心生好奇。我纳闷罕她们如何进餐，斜窥了几次，才明白一手撩纱一手捉饭送食，动作甚为特别。

《古兰经》上说，叫信女们降低视线，遮蔽下身，莫露出首饰，除非自然露出的；叫她们用面纱遮住胸膛，莫露出首饰，除非对她们的丈夫，或她们的父亲，或她们的丈夫的父亲，或她们的儿子……

实际上，世俗化的埃及人的着装有别于海湾一些传统国家，牛仔裤休闲服已日常生活化，瞧餐厅里的男士，几乎没人穿戴传统的长袍和头巾头箍，而是一身轻松休闲的便装。陪同我们的导游马普瑞天天牛仔，配上一副墨镜，时尚得犹如在广州街头遇到的潮男，而且，招引的另类目光不会比我们国内多。

面纱的后面隐藏了太多的诱惑，正如金字塔，一旦揭开神秘面纱，蜂拥而来的是数不清的追慕者。

几个孩子活泼地嬉闹，围着桌边的父母转圈，冲破了成人们的禁忌。我不知道传统经过一代代的传递，会有多少残缺和断裂，新的因子总会随时代的变迁注入承流的血液。她们笑得多欢快多灿烂呀，不是蒙娜丽莎般的含蓄，而是

Egypt

无拘无束畅心畅意，携带着古典的洋气和俏皮。

谁能断定古埃及艳后妖媚的笑颜不会在当今复活。

下榻凯悦酒店，紧邻尼罗河，林荫围簇，水声萦盈，高拔的身姿，豪华的装饰，恍若穿越。从简拙老城到眼前气派建筑的转换过于突兀，真像埃及的历史一般，中间的断裂虚无，一步从远古跨度到现代，不免令人疑揣、失落、纳闷、惊奇抑或茫然，揭开的面纱，还飘在眼前，朦胧着视线。

古老与崭新，乍到的激动，夹带了些许心慌。

现代建筑基本沿尼罗河而建

年轻姑娘不再脸遮面纱

SECTION 02 老板导游

　　我们的导游马普瑞是一个热情顽猾又不太靠谱的家伙。壮实的身板，年轻俊朗，虽身姿不太高猛又略略趋向微胖，但恰恰是典型埃及男子的身形相貌。

　　推着行李车走出机场大厅，习惯性地朝簇拥的接机人群里张望，尤其初次踏足陌生的土地，每每看到举着自己名字的纸牌，总感觉一股暖流注入心头，有了依靠般的亲切轻松。

　　导游的名字事先已知晓，我们扬手直奔他高举的纸牌。一个高高壮壮俊美含笑的男人，可惜我的伙伴一色的稳重男士，不然少不了惊喜惊叹，也不排除爆发夸张的惊叫。

　　"你好，马普瑞，辛苦了。"我们友好地跟他打招呼。"你好。"他热情回应，笑得有点害羞。我们向他解释因为取行李耽误了时间，然后问当日的行程安排，琐琐碎碎的你一语我一言。他一直笑，笑得肌肉近乎僵硬、笑容仿佛雕塑，回一声"你好"再接着笑。我们这才明白，他原本只会一句汉语——"你好"。我们的喋喋不休对他不起作用，他的热情表达对我们也是无效。这真是妙极了。无法交流，请他当导游岂不滑稽荒唐得很。

　　这如何是好？我的伙伴惊愕地停下了脚步。

　　"走，车，那边。"他又挤出了几个词，似乎觉出了我们的紧张与疑惑，神情略显尴尬，继而指指远方，拉长了音调说："马——普——瑞——"

　　我们恍然，他不是马普瑞，马普瑞在车场等着呢！

　　"这小子谱够大的，总统似的，干脆叫马谱大得了。"我颇觉有趣，人未

见，印象已深。又调侃说，"他弄个美男子接我们，把我们当成情窦初开的少女啦，心够邪的。"

"说不定是个丑八怪，不适宜迎接我们这些来自东方古国的尊贵客人。"同伴的话够绝够损。然后又说，"这有一个好处，自知之明之人，容易相处。"

待到了停车场，见了真人，不仅不丑还隐约有几分英俊，当然比不了接我们且一路含笑的"聋哑"小伙。

"你们好啊，一路辛苦了。"他伸出手，稳重得像领导，做派就像演戏，让人错以为享受了外宾的礼遇，却又省略了隆重的仪式，不伦不类的，只剩了初识的礼节性客气。

同伴小声对我嘀咕："我突然觉得咱们像一群进城的农民。"我笑了笑，感同身受。是呀，是有点像农民进城，而且是一群上访的农民，极像领导的马普瑞，今天专程接见我们。这般比喻，似乎又贬低了马普瑞的身份，他何止像领导，简直就是元首派头。能被元首接见陪同，我等外国公民何等荣幸，虽然没有刘姥姥进大观园那样受宠若惊，也多少有了点拘谨。

古埃及文明的遗迹

他却去伪归真，口若悬河地打开了话匣子，娴熟地背诵辞藻华美描述煽情的导游词，关于机场，关于埃及，关于开罗，历史和现实，风俗与风光……我们根本插不上嘴，他也不允许。必须的程序，他的职责，尽管有应付甚或走过场的神色语气，但不能省略。他终于停顿片刻，遗漏了似的，拍了拍身边一直微笑的年轻人，补充道："这是我的助手……"

记不住他说的助手名字，埃及人的名字好像都很长，马普瑞是他为自己起的中文名。我们纷纷朝那个年轻人点头微笑表示感谢。但几天下来，以至到如今，我一直没有记住马普瑞助手的名字，虽然他自始至终陪伴我们，与我们相处的时间甚至远远超过他的老板，但我不知道他叫什么。我记住了他的微笑，以及他作为助手的不易和辛劳。

"你的中国话说得真好，标准的北京腔。"气氛慢慢活跃，我趁机赞美他，赞美对方是与人交流沟通的最佳方式。马普瑞面露喜色，得意地吹嘘他学习中文的技巧，又顺便显摆了几种地方话。他在北京留学四年，后来又去了几次，数年间跑了中国不少地方。他说上海的现代，说广州的时髦，说西安的古老，说云南的多彩，滔滔不绝，眉飞色舞，尤其说到在夜总会找小姐，贪馋得口水飞溅。"你们中国女孩又漂亮又主动，下次去了还要去找。"他说得毫无顾忌，信口道来，不含恶意，但我们多少有点气恼，受辱般愤然反击。

他似乎意识到不妥，改口大谈中国的好。他赞美毛泽东，敬佩邓小平；说经济的发达，谈市场的繁荣；他指责美帝国主义，批评曾经的苏修；他大骂日本鬼子，痛恨西方列强；他说埃及是中国全天候的亲密朋友，非洲人民永远和中国人民站在一起……他的确了解中国人的情感，知晓中国的历史和现状。可恨可爱货真价实的中国通。

"都是心里话啊！"他强调道，似乎担心职业角色养成的夸张表达容易被人误解。"现在美帝国主义和西方列强诬蔑你们要在非洲搞新的经济殖民，真是大白天说瞎话，比屁还臭。他们给非洲带来的是枪炮和战乱、种族歧视和贫穷，中国带来的是投资和无偿援助，我们非洲人不要枪炮，我们要投资要帮助，要摆脱受制于西方的欺负和掠夺，要稳定和富裕。"

"你很有政治眼光和全球视野，适合做政治家或外交官，当导游太屈才了。"一个同伴跟他调侃。他倒率性，直言不讳道："那是我的人生目标。"

Egypt

真是顺竿子上墙,满面春风了。但没人怀疑他的真诚。初次交往的片言只语,还有餐厅就餐时许多善意的眼神,已经让我们感应到埃及人对中国人的友好热情。

那个"聋哑"的英俊助手好像对我们的交谈兴趣浓烈,不时地点头微笑,听懂了一般合拍着我们的情绪。

"他是你的助手?"我问马普瑞。"嗯,助手。"他肯定地点头。"不是实习生或徒弟?"我继续问。"不是,是助手。"他更肯定。"你是旅行社老板还是纯粹的导游?""我将来会当老板的。""他不会一直跟你当助手吧?""这就看他自己的本事了,有本事他也可以找个助手。""一个导游还配个助手,他的工资是你开还是旅行社开?""当然是我给了,他是我的助手,不是旅行社的。""那你就是个老板导游,够牛的。""可以这么说吧!"他更加得意。

在埃及数天,助手一直是我们间断提及的话题。他的角色身份有点像中国的学徒,暂时的依附、委曲求全、甚至摧眉折腰,忍耐后学到本领,方能直起腰昂起头。然而,依我们的认知和体验,好像导游没必要再配个助手,除非临时带的实习生。

悠闲的吸水烟人

人身的自我尊贵，没有必要非得通过这种方式赢得尊重。

后来想，或许源于就业的不景气，或许基于文化的遗俗，或许囿于社会结构的传统，才遗存或造就了如此独特的人际关系。我所纳闷的是，作为导游的马普瑞能收入多少，每个月还要分一杯羹给他的助手。他难道心甘本已可怜的微薄收入再被稀释？如此这般，便不再难理解，他为何处处像个老爷似的，助手时时像个跑腿的下人，他其实是在以主人的身份享用别人的劳动来供养自己。

从这个角度说，给我们当导游有点委屈了他，毕竟他的得力助手于我们而言近乎聋哑，他再端架子也不至于轻慢没有到手的财富。但他拿捏有度应对如流。车子到了宾馆，他陪我们安闲地坐在沙发上，一应手续全由助手风风火火、手忙脚乱地操办。一切妥当，助手陪我们上楼，他依旧端坐沙发，当然没有遗漏程序性地告诫我们一些注意事项，尤其强调不要随意一个人外出。瞧那语气和眼神，俨然陪同客人的领导善意的提醒和交待！

假如套用中国的礼俗，他就是地方领导，我们是他的客人，他的周到与客气让我们倍感亲切温暖，但其实大多都是他助手的无怨付出。他的助手就是接待客人的工作人员，辛辛苦苦任劳任怨，赢得的尊重和感谢都给了领导——他的老板。

整理了行装，我利用不多的空档时间，想去河边走走。当时埃及还没有出现动乱，穆巴拉克的强势统治维持着国家表面的稳定。初识的印象，国民和善社会和谐，感觉不出有什么危险。但我清楚记得，二十世纪末卢克索发生过震惊世界的暴徒枪杀60余名外国游客事件。十余年过去，这块伤疤结的痂应该脱落净尽了吧！我一直以为，无论何时何地，只要是一个相对稳定的社会，危险总是个例和突如其来的，防患未必有效。随团去每一个国家，导游都会反复警告，不要一个人随意外出，但纵观发生的事故，没有几个是发生在随意外出的人身上。

我去印度的时候步步紧跟导游，后来去俄罗斯小心地在宾馆附近转悠，在罗马尼亚尝试着一个人跑去古街徜徉，上次去澳大利亚和新西兰竟然胆大妄为地夜晚单独跑到河边和海边溜达。如果我能用外语交流，我自信一个人出行一定应付自如。国外有动荡有战乱，但也不是危机四伏，不能畅意地自由行走，

Egypt

尼罗河夜色

还不如待在家里安逸地看书。

　　到埃及是在我去印度之后，虽然一夜旅途，也不知金字塔离我还有多远，但多年的神往早把我的情绪刺激到极致，初识的冲动和惊奇击溃了疲乏，勾引我走向宾馆旁的尼罗河边。马普瑞见我走在他的视线内，安然地陷在沙发里玩手机，称职的助手站在玻璃窗前注视我的行踪。

　　沿岸布满建筑，高低错落，疏密有致，绿荫映翠。有了绿，眼睛舒服心也欣慰。河面很宽，水波轻漾，大湖一般，失却了河的流畅。有帆船穿梭，河岸游艇码头密布，宾馆旁边就有一个，或许我们晚上的夜景游就在那里上船。

　　尼罗河是埃及的生命、开罗的精华，首都最漂亮的建筑大多集中在河两岸，现代的造型和传统的功用一座座摆列，相互窥视着，仿佛发现了对方的独特或不足似的，傲慢又不服气。见我一个陌生人到来，从四面八方盯着我，想让我甄别它们的优劣般，纷纷展露动人的国际范。一对坐在河岸的年轻人也朝我看了看，姑娘眼睛里水波一样荡着一层笑意。他们交谈得欢快无忌，我听不

快乐的赶车人

懂他们的语言，但感染在他们的情绪里，猜想他们的话语里哪一句在说尼罗河，哪一句在说工作和生活，不一定有金字塔，但一定有爱情和幸福。

夜幕暗合，游艇纷纷启动。助手招呼我回去，说晚餐安排在船上。马普瑞强调几点要求，把我们交给助手，自己要回去。我们一伙当然不同意，他是我们签约的导游，关键时候当甩手掌柜，真把自己当老板了。他如何对待助手我们管不着，但把我们就地转手太不负责任。

"你们刚来就不听劝阻，一个人往外跑，出了事谁负责？"他言疾色怨，显然想转移矛头，借坡下驴。

我有点不高兴了，"去尼罗河边既没越出宾馆范围，又没避开助手视线，何来一个人往外跑？"明知他不过是想借故离开，无须解释，更不必辩解，反正他不能丢下我们自己溜了。结果是，我们不放他走，他一晚上不给一个笑容。

游船观夜景，诱惑大，实则无趣，跟在宾馆的河岸边观看相差无几，甚至

Egypt

不如坐在房间的窗边欣赏来得美满。马普瑞的冷落更消耗了兴趣，哪怕是高潮时的所谓肚皮舞表演，也没能让我欣喜若狂。

马普瑞的冷脸，相比于他的摆谱，不再有趣，而是令人不舒服甚至厌恶。

第二天上午，依行程去参观埃及国家博物馆。我们及时下楼，助手等在大厅，热情地引导我们上车。不见马普瑞，询问助手又交流不出个所以然，只好乘车闷闷地东弯西拐，心想马普瑞可能在博物馆门口等候。谁知弯来拐去，车子渐渐远离城市中心，走进了房屋密匝匝乱杂杂的居民区，然后戛然停在一片仿佛还没有完工的简陋建筑旁。我们不知道停车干什么，问助手，他往一栋楼指了指说："马普瑞，他……来……"

哎呀，恍然大悟，原来如此，我们专程来接他的导游老板，我们的导游领导来了。

真是哭笑不得，尴尬无语，气不得恼不得，长见识增学问，世界之大，确实无奇不有啊！

而且很久不见他的身影。等得无奈无聊，我索性提着相机拍民房。几乎一色的红砖，外墙直露本貌，层数不等，密度惊人，且大多没封顶，裸露的钢筋长短不一，俏模怪样地扭曲，锈迹斑斑地残喘，像国内的烂尾楼。后来观察，

高耸的宣礼塔

不是光这一片，而是普遍都这样。我后来问了马普瑞，他说这是开罗人的习惯，有了钱还会继续往上盖，生活才有追求和盼头。我问一幢房子多少年可以完工，他说最好一直不完工，这样才有事干。

这真是修身养性求得好脾气的捷径，工程宏大的金字塔都完工了，他们的房子却要一直烂尾下去，我拍到照片里都替他们感到着急。

马普瑞终于迈着方步从烂尾楼群里走出来，不紧不慢，派头十足，没有丝毫的不好意思，更别指望礼貌的歉意，如果从他嘴里说声对不起，我会感到意外而受宠若惊的。

开罗两天，两次乘车，每次都要花费半个多小时去他家里迎接他，直到去卢克索和红海后，因为同住在一家宾馆，方才省略了迎接他的程序。但他的谱自始至终摆得大方硬气。卢克索的太阳神庙，红海时的乘船潜水，都是助手全程陪我们，他自己坐在商店里或凉棚下休闲纳凉，就差少个人站在他身边为他

脸遮面纱的妇人

Egypt

续茶水摇芭蕉扇了。

　　我的一个同伴实在忍受不了，打电话给国内的组团社，一腔怨怒憋屈悉数释放。国内的责难即刻传输到埃及，马普瑞放下电话转身对我们发难，声称不该无缘无故告他的状，有什么意见应该直接跟他反映，愠怒之色勃然。我们赶紧跟他解释，是国内组团社来电话询问我们的行程状况，并无告状之说。言辞谆谆态度切切，生怕惹恼了他，从而给我们之后的旅程制造麻烦。行走在别人的国度，小心忍耐不是坏事。

　　从卢克索去红海时，他给我们安排了一辆中型越野，出城后才发现空调不工作。正值中午，热浪袭人，气温超过30摄氏度。开始沿尼罗河一段的绿荫走还有点清爽的风，但很快驶入空旷干燥的沙漠，空气成蒸汽，天地变蒸笼，人坐在车里颠着蒸着，五脏六腑几乎炖熟。关车窗热气闷死人，开车窗热风熏死人。中间在一个驿站休息，一伙人出狱般呼吸，回头看那个"铁驴"，恨不得一脚踢碎。马普瑞吃喝上车，大家坐在路边摊丑陋的凉棚下一动不动。我理解大家的心思，宁愿困死于沙漠，也不愿蒸死在车里。于是我干脆对马普瑞说，夕阳西下我们再走。

　　我甚至怀疑马普瑞故意安排了这辆烂车，报复我们的告状，后来想想他自己也要坐车，无法幸免于难，倒显得自己有点恶毒，但也不能因此原谅他的过失。一路上，我们没少责难他，他倒好，任凭恶言怨语，我自岿然不动，除了笑，一句话搪塞到底："我也不知道是辆坏了空调的车。"

　　那一天，我们高兴地走了夜路，荣幸地享受了沙漠晚风，欣赏了沙漠星空。后来回想，我几乎要感谢马普瑞无心而为的恶意了。

　　离开埃及那天，马普瑞没有露面，我们收拾好行李乘车去更远更乱的住宅区接他的助手，由他陪我们去机场。那天，助手的笑容少得凝固不住，把我们擦到机场大厅他就回转了身。我看了看他的背影，真有点马普瑞的影子。我对同伴说："这小子，过不了两年，又是一个马普瑞。"

　　"老板导游，谱大得像总统的领导型导游。"同伴最后的调侃像在为他造型。

　　但不管怎么说，我记住了马普瑞，以及他对中国友好的声音。

SECTION 03 吉光片羽

有一点马普瑞讲得很中肯，他说金字塔不可贸然走近，猛然站过去，眼前突兀的棱形石堆，仅是雄伟，外观的震撼撩眼乱神，不会入心。要了解金字塔，得从外围慢慢走进，它的国度它的人民，它的文物它的历史，散乱地捡拾，抚摸文化，透视它丰满的内里。

于是，我们先去埃及国家博物馆。

埃及国家博物馆

Egypt

文化的延续

触摸埃及文化

　　车子绕过解放广场，终于在偏侧的街边停下。一队队游客，冲出汽车尾气缭绕的雾霭，头顶毒日往博物馆的大门蜂拥。马普瑞倒不急，站定街边给我们介绍周边的建筑。右边是一幢敦实的灰白色大楼。不等他解说，我的同伴猜测道："那里应该是政府机关。"

　　"不错，是我们埃及的中央政府。"马普瑞竖了竖大拇指。

　　"造型太熟悉了，"我的同伴很得意，"跟我们中国的各级政府大楼如同

03 吉光片羽

用的是一张图纸。"然后指指左边,"这一幢像宾馆。"

马普瑞呵呵笑了:"神啦你,比我这个导游还清楚,确实是家宾馆,名叫尼罗河酒店。再过去的那幢是阿拉伯国家联盟大楼,沿楼前的解放路很快就到尼罗河双狮桥。这一片比较宽敞的区域就是我们的解放广场,地位相当于你们首都的天安门广场,当然没有你们的广场气派。"

何止是不气派,我甚至认为根本不是个广场。如果准确描述,中间是绿草覆地的大圆盘,旋绕着宽敞的环形大道,再往外就是几处能停放车辆的场地。名曰广场,但基本功能是通行,使用主体是车辆,供给人活动的空间几乎可以忽略。广场,顾名思义是广阔的场地。解放广场有名无实。

离开埃及一年后,我从电视上看到了解放广场汹涌的人流,密密麻麻的全是人,中间的绿地好像成了宿营地。曾经流畅的交通,蜂拥成游行的圣地,难道就为还原广场的身份?流血的代价,持续的动荡,宁愿蔑视华而不实的名分。

人类历史总是不断地重复许多曾经的事件,躺进博物馆的文物时常在每一个当下苏醒,仅是着装的不同,内里的欲望和追求好像不曾变更。

坍塌的伟大

Egypt

我们跟着人流走进几乎每一个外国游客都慕名走进的双层石头大楼。不雄伟，不恢宏，灰黄趋红的墙面仿如立体的沙漠，大地的色彩被巧妙借用，普通得有点简陋，仅看外观，很难让人肃然崇拜远古的埃及。杰出和伟大的时代躺进这般不起眼的建筑，是后人的不尊与亵渎，还是古人的无奈与哀痛？我感应不到，只觉得堂皇的保护委屈了神圣。

资料说，这是被埃及人尊为"埃及博物馆之父"的法国著名考古学家玛利特设计建造的，目的是为了阻止发掘出的埃及国宝外流。我相信资料的真实，我相信玛利特的目的，我相信历史的记载。

这般说来，埃及人真幸福，自己家的事别人给操心，自己坐享其成；埃及人真可悲，自己家的事别人给做主，还要感恩戴德。是缺少珍惜意识，还是珍宝丰富到熟视无睹？难道祖先的遗留，被别人珍惜了才显得光荣？

但我相信埃及人懂得那些罕见文物的价值。这两年，我数次在电视上看到有人趁社会动荡抢劫文物，甚至把马拉维国家博物馆洗劫一空。痛骂和惋惜只能让自己心疼，埃及人似乎见惯了那么多的古建筑颓毁成废墟，空前绝世的辉煌都能泯灭，那点所谓的国宝还不如拿出去填饱肚子。

辉煌并不会转眼就泯灭

博物馆里还珍藏有多少宝贝，我对公布的数字一直存疑。有资料说，馆内收藏的各种文物30多万件，陈列展出的有6.5万件。相对于一些国家，不算少；相对于古老历史，不算多。而且，一次社会动荡的破坏和损失，可能无法用数据估量。别人的博物馆在不断增加藏品，埃及的宝贝增加后是损毁和流失，岂止是痛惜所能表达。

入大门后是一个庭院，正中一方水池，池头花坛植草，池内水中浮莲。马普瑞介绍说："草是纸草，世界上最古老的造纸材料，古代下埃及王国的象征；莲为浮莲，古代上埃及王国的代表植物。"池边摆放着石质狮身人面像，虽有围栏，但人面像胡须和鼻头皆已断缺，凄然展示着人间的不完美。另有数尊法老像、方尖碑等石雕摆立庭院各处，好像没有一尊逃脱残损。正门不大，外廊设计成石柱撑立的圆形拱门，两侧壁龛中各刻立一尊法老浮雕，手中分握莲花和纸草，如水池上的设计一样分别象征古埃及的南北方。

人流一队接一队涌向正门，院落里也三三两两散散聚聚，地上纸屑弃物到处都是，如街面无异。一群牛仔裤米色短袖衫的女学生闹哄哄挤向正门，如国

街头卖古董的小店

Egypt

历史总在沉淀

内常见的学生参观团，只是手里没有拿着纸笔。少年的熏陶，也会像她们的父辈一样自豪吗？毕竟，参观的主体是外国人，白皮肤的西方人依然居多，黄皮肤的东方人尤其是中国人即将后来居上。这么多的异族人如此景仰先辈的创造，搁在我身上，也可能喜形于色，志满意骄。

　　我们紧随人流涌进馆内，人更多，几近前呼后拥，如凑热闹般挤进大型购物商场，人气旺，商品琳琅。吵杂乱耳，马普瑞的讲解偶尔听得几声，哪怕伸出头去，也是断断续续。不听去看，要么见缝插针，要么耐心等待，几乎每一件文物前都围满人，除非是立体的巨大雕像，可以在外围欣赏远古的相貌。石雕、木雕，站像、坐像、蹲像、跪像，法老、士兵，埃及古风、希腊写实……应有尽有，世稀珍奇。

　　挨挤到二楼，更是惊心夺目。马普瑞不再讲解了，讲了也听不清，他让我们自己看。棺木、木乃伊、珠宝、绘画、纸草文书、随葬品、史前文物……哪一件都是世间罕有，哪一件都可以与世界上任何博物馆最值得炫耀的宝贝媲美。人气最旺处必是珍品，人群最挤点定是精华。但不敢独行，喧哗的背后是迷失，依旧让马普瑞带着浏览。

人形金棺、金御座、王后金冠……人们最感兴趣是那副黄金面罩。弓身引颈细瞅，巴不得凑上脸去，感应一下戴上面罩的尊贵神情。马普瑞终于逮住一个机会，把我们引到黄金面具近前。他的解说神乎其神，说出的名字记不清晰，我后来查资料才弄明白，面具的主人叫图坦卡蒙。他是古埃及第十八代法老，享年仅18岁，年岁与代数吻合，真是奇巧得伤悲。虽然寿命短暂，但他生活的奢靡却至今令人唏嘘惊叹。我甚至猜想，正是他豪纵的物质挥霍缩减了生命的长度。馆内陈列有与他有关的1700余件文物，均是从他墓葬发掘而出，件件可称埃及博物馆最有价值的宝物。

他的人形金棺由204公斤纯金铸成，外观彩漆，雕刻细腻，人类历史至今哪里还能找到如此精致的金制品？他的金御座，黑暗里都能闪烁金光，狮头装饰，蛇首鹰身扶手，无不彰显王权至高至威至圣的尊位。他的金面具，几乎成为全世界认识古埃及的标志。

普通人都想长生，何况名高位尊的君王。遍观古今，哪一个不在生前筹备死后的永生？埃及法老们入土了数千年，至今仍在世界行走。形象在大地恒驻，名字在人间流芳，或许他们不曾想到会如此威风。

但愿没有多少诅咒！

参观木乃伊时，我发现两个年经人紧紧跟随我们，有时几乎挨身贴脸，我提醒同伴，纷纷有了警惕。揣测不出他们意在何为，也无恶意把他们想成坏人，但怪诞的行为、狎异的神情还是让我们心神不安。我把相机抱在胸前，一只手插进装钱包的裤袋，固若金汤般防备忽略的闪失。马普瑞正在讲解，我拉过助手，示意他注意那两个如影随形的可疑人，他理解了我的担心，但不以为然，笑咧咧地摇头。我更纳罕，甚至怀疑他们是一伙的，笑容里都藏着诡邪的秘密。

那两个年轻人发现了我们的怀疑，也朝我们点头微笑，其中一个把手中的纸张伸给我看，上面写了不少字，有些不规则的汉字。我更不解，满腹狐疑。他却哑巴般给我打手语，然后蹦出几个汉字：中国话……指指我，竖起大拇指，再拍拍自己胸脯，点点头。我像突然开窍般心安欣喜，如果理解不错的话，他们是在学习汉语。

我终于拉住马普瑞，问那两个年轻人是干什么的。他不当回事似的，或许

第一章 埃及

由今日的破败遥想昨日的繁华

已习以为常，淡淡地说："噢，他们是大学生，学中国话的，这里中国游客多，来练听力的。"

噢，原来如此，我的情绪迅速由紧张转为感动。"你好！"我向他们打招呼，带着善意的笑。他们突然害羞了一般，讷讷而言："你好！"我尝试着跟他们对话，一字一顿的，音正腔圆的，寻求让人听懂的极致效果。他们偶尔点头多次摇头，真实流露着听不懂。我不泄气，他们好学的精神感染了我的情绪，仿佛不帮助他们有点不近情理。我引他们到另一个展品前，鼓励他们用中文为我介绍，一个摇手歉意，一个酝酿一时磕磕巴巴，吐出的字连不成句子。我向他竖大拇指，他被夸奖得更加口吃。我没听懂他说的啥，我高兴他学中文的劲。

一男一女两尊坐像雕塑并立。他指指男的，又指指女的，生硬的汉字，拙口的表达，但我听明白了两座雕像的名字，男的叫拉霍特普，女的叫诺夫勒特。再多的内容他表达不好，单个的字词我也连缀不起准确的句子。但我一直听他说，后来干脆认真地问，如果听力的提高是诉说的前提，听得懂就是表达的基石。

03 吉光片羽

雕像都那么精美

Egypt

我夸赞雕像的精美，涂层的彩绘，千百年后眼神依然那么焕发神气。我夸男雕像逼真的黝黑皮肤，白色腰裙和项圈，嘴唇上俏皮俊美的短胡须。我赞女雕像端庄的神情，及肩的黑发，颈上的多色项链，丰满不失婀娜的身姿。我的赞美言真意切，情融景里，满是好奇，仿佛远古的美丽触手可及。

他们都很高兴，享受了我的赞美，脸上露着得意。"中国，朋友！"一个又对我竖大拇指，不知是因为我赞美了他们的祖先，还是我充当了临时而热情的中文教师。

然而，我更感动他们对中国的感情和对中国人的热情。无论是出于生计的考量学习中文，还是中国的崛起和经济腾飞引领了世界的走向，此时的他们让我感受到了做中国人的自豪。

他们的自豪缘于文明的古老，我的自豪既缘于文明的古老更缘于文明的现代，文明不曾中断的独一无二才最值得我们骄傲。

我们要一直笑，笑到最后，笑得整个世界都昂首景仰。

因为那两个爱学中文的年轻人，我对那两尊雕像印象深刻。回来查资料，才知道雕像的人物原型是埃及古王国时期的王子和王妃，两尊雕像被后人尊为古埃及塑造的艺术精品。

往外走时，马普瑞讲起了流传久远的法老咒语。我听过，也从书上看过，我曾相信也曾怀疑，或是一种巧合，又有无知与伪科学，但发生的事件，无疑给古埃及的神秘添加了新的神话。

虚拟的神话能够创造逼真的现实。

我们的文化里也有类似传说，盗墓者也有命丧墓道的传闻，但不曾听说哪个皇室墓道中刻有令人胆寒的咒语。"谁要是干扰了法老的安宁，死亡就会降临到他的头上。"这是图坦卡蒙国王的意志吗？是他生前的遗嘱还是日常的口语？他安排了自己的墓园还安放了自己的灵魂？是继承人的授意，还是某个工匠的信手戏言？是积存的毒气还是留存的病菌？太多的谜，太多的神秘，因为是断代的古埃及，一切皆在情理。

因为这句咒语，图坦卡蒙会永世长存，语言的生命力将超越他的金棺金樽金御座，当然还有那副金面具。

语言是口头文字，行走得再苍老，也是活化石。

第一章 埃及

03 吉光片羽

数千年的古文明，不会只有这么些文物吧？我试探着问马普瑞。他停下脚步回头，指指眼前的两层灰黄建筑。"在地下，大多存放在地下，30多万件呢，哪能都摆出来满足你们的贪馋。"他说得有点眉飞色舞、气骄情豪。我刺激他说："恐怕不只是我们的贪馋，你们自己也看不到吧？"他以退为进："不管怎么说，放在我们自己家里，看不到也是我们自己的。"

盲目的优越，随意得不自信，恣意得无所谓。

从展出珍品氛围的不讲究，我很难想象存放在地下的文物会有安适的环境，我甚至怀疑他们连那些文物存放在什么方位可能都说不清楚。地上建筑小巧，地下空间不会宏阔。我用存放一词，或许有点客气，几十万件文物，难保不是堆积或随手的丢放。珍品复珍品，宝贝摞宝贝，久之便目无珍品，心无宝贝，俗物般闲置，余物般不理。可惜可怜那些文物置于地下的命运，发掘后的待遇甚至远不如曾经的居室舒服安逸。

马普瑞仍在夸耀杰出的祖先，我不羡慕他的骄傲。后来我探讨性地问他："古埃及的文明遗存举世无双，以至于今天的埃及人还在乐享祖宗的荫泽。博物馆陈列的是埃及的远古文明，断裂后的埃及文明为何不在博物馆呈现，难道埃及人要到国外去寻找他们延续的历史？"

不会有多少埃及人愿意用此类设问伤痛自己，文明的断裂只要不危及闲适的生活，宁愿吃着祖宗的老本，刻意麻木原本敏感的精神。

那两个学中文的大学生一直尾随我们到馆前的庭院，道了一声谢，又尾随一群中国人走进博物馆。

我对埃及的情感，因了他俩的介入，增加了更多的亲切。

SECTION 04 金字塔的影子

从博物馆古旧残损的珍藏，我隐约看到了金字塔的影子，不仅因为那些文物有不少是从金字塔里发掘的，更因它们的不同凡响都跟金字塔一样名标青史。

不只是博物馆，好像开罗城里越古老的角落越能窥见金字塔的影子。金字塔是埃及的面膜，飘然沧桑的胡须，黏附在可称为历史的路途上。

去看金字塔，马普瑞坚持安排我们走一走开罗老城。后来我才恍然，马普瑞带我们去老城，目的是让我们感应一下埃及的历史并未断裂，老城的陈迹即便迥异于远古的金字塔，但埃及现代文明的衍生能从老城里发现端倪。

如果金字塔是沉淀的神话，老城就是生活的真实。

自从古埃及王朝被希腊罗马征服，埃及便开始了被外族轮番侵扰统治的历史，罗马帝国、阿拔斯帝国、法蒂玛王朝、阿尤布王朝、巴赫里王朝、布尔吉王朝、奥斯曼帝国，直到被埃及人奉为开国之父的穆罕默德·阿里脱离土耳其实行自治，埃及历史上的大部分统治者都是外来者。正是这些外来者，把伊斯兰文明引入埃及，历代延续，使开罗在1000多年里一直成为伊斯兰世界的中心之一，赢得了"伊斯兰教大门"的美誉。

如果金字塔是古埃及的无字碑，老城就是伊斯兰的陈列室。

不大的区域范围，1000多年里筑就了1000多座清真寺，高拔的宣礼塔鳞次栉比耸天入云，开罗于是有了"千塔之城"的别称。

以古老的卡利利市场为中心向外扩展，端然静坐着高里清真寺、达哈布清真寺、爱兹哈尔清真寺、胡赛因清真寺、穆塔哈清真寺、巴迪清真寺、沙伊库清真寺、尤素费清真寺、宰那布清真寺……当然绕不开萨拉丁城堡。

我无意一一列举老城的伊斯兰古迹，也列举不尽，几乎每一座建筑都堪称精品，无论宏峻庄重的外观，还是富丽端肃的内里，处处经典，步步精华。不去老城，对埃及文明的认知就会断裂，除了远古的金字塔，开罗的老城储藏了另一种文明、另一种精彩，尽管两段文明不能直线型地无缝链接，但恰当的延续才有了埃及历史完整的文明血脉。

埃及人把聪明智慧一股脑儿倾注在了坚固的构筑物上，有形的遗留哪怕残败的遗存，好像都体现了永恒的朴素理想。

文明的初意，奠基了精神高地。

卡利利市场人流涌动，一家家古朴的小门店写意着老城的生活，水一样流淌了数千年。不难想象，商品凸显民俗特色，祖宗的东西售卖到现在，还会继续卖下去。随便拿起一件，仿佛已经存放了千余年，锈蚀过的色彩映射了无数手掌抚摸后的鲜艳。相比于附近的清真寺，商店的简陋显得寒酸。我去过西藏，知道那里的信众大多将劳动收获供奉给信仰，各地的寺庙都装饰得金碧辉煌。不太了解伊斯兰教，但从开罗老城巍然的清真寺和低矮的民居看，信仰的崇高魅力有异曲同工之妙。

我们走了几条街，体味了古色古香；走进了清真寺也去了教堂，感应了庄严的信仰。街道很绕很窄很漫长，一个街区又一个广场，一座清真寺又一片民房，不知走过了几个朝代，走了很久也走不到现代，只有坐上汽车，才觉得有了穿越回来的希望。

的确，开罗的历史太复杂太厚重，沉进去很难出来。我问马普瑞，伊斯兰文明和金字塔文明，你们是否更钟情于前者，毕竟那是你们崇敬的信仰。他的回答干脆简洁，两者没有孰轻孰重前亲后疏，它们是一体的传承，都是我们杰出祖先创造的不朽文明。

后来我想，我的发问有点幼稚，假如有人问我元清之于中华文化，我也会毫不犹豫地给出类似的答案。我相信，作为导游的马普瑞，这个疑问已经被游客提出过无数次，他最初或许答得勉强，但久之必成竹在胸、信手拈来、脱口而出。对待祖先，即便没有底气，也应该怀有理直的态度。

走过老城，才能抵达金字塔，尽管中间有黄沙弥漫，毕竟这是一条埃及人

Egypt

用脚印踩实的路。那些脚印携带了金字塔的土黄，把沙漠的色彩一直印染到城市的每个角落。无论是清真寺还是民居，无论是城堡还是墓地，几乎都与金字塔保持一种颜色。

根在灰黄的大地，再高的隆起也脱离不了底色。

我们乘车走了20多公里，便走到了5000多年前的古埃及。孟菲斯的名字或许是古埃及的开篇，自从首位法老美尼斯开创历史，800年的首都身价骄贵着孟菲斯，以至被称为世界最壮丽伟大的城市。到底有多壮丽伟大，后人看到的是文字，听到的是传说，曾经的壮丽伟大如今只余下残墙碎土，一座普塔神庙废墟、一具倒卧的残破石像、一处阿底斯圣牛庙遗址，仔细辨识，也感应不出辉煌几百年的繁华盛世。

当年，孟菲斯的建筑大多用石膏粉涂刷成白色，或许意在区别于沙漠的灰黄，或许为了凸显人类的圣洁，或许出于法老的色觉怪癖，正如印度的斋浦尔老城涂成粉红色，也是为了讨好君王一样。可以想象，浩瀚无际的黄沙中突兀一座晶白的城池，该是怎样的震撼人心。人类的杰作，君王的意志，仿佛都能不朽，但岁月从来无情，能够留痕，已是幸运。

石头里藏匿了太多神异

金字塔的影子

小狮身人面像

现在的孟菲斯可怜成一个叫拉辛纳的小村庄，或许是保护古迹的需要，植被了一些绿色，但疯狂的沙漠步步为营，骚扰着绿色的顽强。祖先的伟大，给拉辛纳的礼物是纷至沓来的游客，村落面貌并不一新，沙土黏附着屋墙、花树和人的脸庞，仿佛千年的发展没有在这里发生，依旧徘徊在远古的文明。

我们先去看那尊倒卧的拉美西斯二世石像。盖了房子，专门存放，有人戏称为世界最小的博物馆。不大也不太讲究的小广场，或立或卧数座石雕，甚至有几座很随意地置放在边缘的角落。太多的古物被司空见惯的习性忽视，哪怕价值连城也被视为一块石头。看得出，都是用整块的岩石雕刻而成，古人的精湛技艺远比今人炉火纯青。那座狮身人面像，虽然无法与吉萨金字塔前的媲美，但也有4米多长80余吨重。

当然，最夺人眼球的还是那尊倒卧的石像，它的长度足有14米，也是整块石灰岩雕成。如果立起来，该是多么气宇轩昂高大威猛。可惜一次地震，折断了双腿和左手臂。再坚硬的石头，也是大自然的组成，大自然每时每刻都在改变自我，再美的自然也没有永恒，何况一块雕刻过的石头。

Egypt

我上到二楼，绕行一周，从不同角度观感石像的大气精美，拉美西斯二世微笑的面容仿佛正要苏醒。马普瑞说，还有一尊同样的石像，完整地矗立在开罗的火车站广场。我说，是不是因为他一直能看着世代子民熙来攘往，才始终露出如此从容淡定的笑容？马普瑞立即接口，还有你们，不远万里来看他，他哪能不高兴？我心头不由得一惊，感觉那笑容真实得如生命。我又看了一眼，证实他躺得安静，才让想象长出翅膀，飞到广场那尊跟前，见证了他站立起来的壮观。

拉美西斯二世是古埃及第十九王朝法老，统治了古埃及最后的强盛时代。他善征战喜和平，善建筑喜扬名，他把自己的经历夸耀成雕塑，与神一起布展在埃及各地。他喜欢在古建筑上刻上自己的名字，甚至拆毁祖先的遗留修建新的宫殿庙宇。孟菲斯的普塔神庙据说就有从吉萨金字塔拆下的巨型花岗岩石。

我们的车子停在了沙漠里，一片平整的沙地有人工清理的残迹。硕大的破裂的残片式的花岗石聚会一样散布一地，仍有殿宇的基底似露似掩在地表，几步之遥，汹涌的沙山起伏浩荡，海啸般逼近，欲有再次吞噬残迹之嫌。我揣测，普塔神庙的残迹或许就是从沙堆里发掘清理出的，从石墙内的残留看得出，基座和道路已比外边的沙漠低了许多，让人误以为神庙是开挖沙漠建筑的。

正对停车场的一面墙巍峨高峻，整体用规整的巨型花岗岩垒筑，而周边的一些墙体却是不规则的石头，更有了岁月沧桑的憾惜。走进高墙，一条窄暗的小路，周边却是粗大精致的石柱，但无一完整，断裂面依稀飞扬不舍的尘灰。走出石道回头，也只有这一处保留得最为完好，其余的好像难以称为废墟，一阵沙尘暴都能完全覆盖，归于无影。

是人力的破坏还是自然的摧残？坚硬的花岗岩抵挡不住岁月的风寒。

有点凄凉，有点荒诞，图腾般的庄严，似乎比精美的文身还短暂。

我沿那条在虚墟中清理出的小路走，满目灰黄，沙漠的色彩能把眼睛模糊。太多的残破，太久的风威，古老得仿佛丢失了残年。只有那座鼻祖级的阶梯金字塔，依然留守着威仪。六级，一层小一层，规则地收缩，塔顶不尖而平。远望去似黄土堆垒，近看才知是块石磊叠。基底正搭建脚手架，看来是想修补剥落损毁的金字塔。维护与修复，延长的寿命，如面具般虚假。

狮身人面像边的神庙废墟

后来我才知道，这片多处隆起的沙地，是古埃及法老们最早的墓园，但大部分已与黄沙合体，残存的仿如旋积的沙堆，细辨才能看出旧时的模样。那些碎裂的块石，依稀留有手凿的印痕。阶梯金字塔是第三王朝法老左塞的陵寝，离此不远，他的继任者只留下了一冢土堆的废墟。

离开清理出的小路，脚下尽是细软的黄沙，走得非常吃力。很多西方游客朝那座阶梯金字塔走去，马普瑞招呼我们上车。他已经把脉了中国旅客的习性，拍几张照，望几眼景，算是到此一游，给人说起时再夸大其词，好像自己参与了发掘似的。我只是从资料上知道，墓道的石壁上有精美的壁画，描绘了古埃及的生活场景。作为人类建筑史上的奇迹，我们远观了一阵，外表的残损，跟我们的匆匆行程一样可惜。

"要想感受金字塔的壮伟，还是去吉萨那边看。"马普瑞像在解释他着急催促我们赶路的理由，而且充分得让我们连声感谢近乎感动。

吉萨高地距离开罗城很近，站在欣赏金字塔的观景台上，开罗城最高的清真寺宣礼塔几乎平视。天气晴得蔚蓝，但沙漠的天空再晴，好像也是一层灰

Egypt

蒙，仿佛沙尘在低空舒畅地起舞。城市上空也是黄色笼罩，如果没有建筑和绿树，真不敢想象沙漠边的开罗会是什么模样。

一条柏油路伸进沙漠，从两座金字塔之间穿越。一辆辆旅游大巴呼啸扬沙，黑色油路上一道黄烟。西方游客依然唱主角，间或可看到一队队东方人面孔。专门辟出的观景台相距金字塔有一里多路，地势居高，望过去视野开阔，三座金字塔列队样站立，若即若离般，遥远又临近，壮观而矜肃。

以观景台为基点，从左至右依次是：胡夫金字塔、哈夫拉金字塔、门卡乌拉金字塔。三座金字塔的主人是祖孙三代，古埃及第四王朝的三位法老。胡夫金字塔号称世界最大的单一古代建筑；哈夫拉金字塔顶端的石灰岩外壳和塔前的狮身人面像，独具特色，堪称奇绝。仅高度而言，三座金字塔依辈份逐级递减，但由于哈夫拉金字塔地势稍高，远看去比胡夫金字塔更为高峭。

除此三座，周围还有一些小号的金字塔，但大多残破倒塌，或与起伏的沙丘难以分辨。或许金字塔被视作文物之始，便有无数的疑问困扰人们。比如它硕大的体积是如何建造的？曾有人测算需要10万人建造30年。比如它巨大的石块从哪里运来？比如建造它的目的到底是法老陵墓还是祭祀抑或其他？如果说是陵墓，为何没有人在金字塔中见过法老的木乃伊？

神秘和疑问还将延续，谜底能否揭开，同样也是谜一样的疑问。

我们的车子停在哈夫拉金字塔前的广场，一种威势逼压而来，必须仰视、恭敬才心安。有断垣残壁，有裂岩碎石，当年用利刃都插不进接缝的塔体，已残损得鳞伤遍体。野鸽子开辟了营地，碎石后面被屎尿盘踞，如果动物的占据视为自然，人类的玷辱便是污染。有人爬上断垣，仍然还得仰视；有人骑上骆驼，依旧不能穿越。

心的研磨，依然是一个过客。

不走近，真的感触不深；走近了，感触停顿成麻木。我曾想象过它的雄伟也想象过它的残破，但真到了跟前，仍不愿看到让我热血沸腾的壮观被时光打磨得残缺损伤，历史在这里似乎静止了，好像从来没有发生过什么，一切仿佛都成了虚幻虚构的幻想。来自历史课本和民间传说的古老故事，被电影夸张得恍若亲历的细节，突然间都凝固成飘零的虚无。

我又靠近了几步，用手抚摸苍黄的石头，太阳把它们炙烤得蒸腾起暖气，夹带了古老的温度，让人渴望体会当年的繁盛，还有建造工程的残酷。石头里藏匿了太多的神异，每一条密实的接缝，我都好奇而谨肃地观探，仿佛那里依然存放着古老的秘史，突然的发现，真怕搅扰了它们安静的生活。

有人试图抬脚攀登，被管理员吆喝止住。我随即后退，好像他的行为是我对金字塔的亵渎，哪怕是那方手印，也不该留在它的身上。

真正的破坏，大多因为人类错误的爱惜。

脚下黄沙滞积，远处的沙山起动了铺天盖地的姿势，我猜测应该有专人清理流沙，不然沙漠会毫无顾忌地侵袭金字塔，不敢说沙尘能埋没它，但一定的掩藏或许是最好的保护。人工的清理，为的是商业的利益，祖先的伟大总被后人炫耀成最值钱的商品，当然不排除珍贵的学术研究价值。

我们从哈夫拉金字塔走去狮身人面像，马普瑞说以前狮身人面像就掩埋着黄沙。现在看去，它的身躯基本与沙地持平，只是头颅高高擎起，周围阔大的区域都是深凿在地表的大坑。也许过去狮身人面像是一块突兀于地表的巨石，只是几千年的风沙掩平了它的身躯，以至于现在看去像是挖下去的。

狮身人面像的确是在一块巨大的天然岩石上雕琢而成，只有两只手与身子不是一体。数千年的自然人力，伤残了它挺阔的鼻子，但固有的威武雄风，依然孤标傲世。

雕琢时开采下的石块又就近筑建了一座神庙，如今已是一片废墟。神庙也陷在沙地里，走下许多石阶，才能抵达内里。只剩残墙断柱，粗圆的石柱逼人想象曾经的恢宏。绕几道弯，走出废墟，回头望，神庙、狮身人面像、哈夫拉金字塔几成一线，气势壮观威仪，我俯首感叹不已。

太阳在往沙漠里沉落，拉长了金字塔的身影，那片暗潮水一般铺展，很快罩住了开罗城，罩住了古埃及的现在。

金字塔的影子还将罩下去。

SECTION 05 帝王谷的阳光

如果沿着古埃及的历史走，下一站应该去卢克索，那里有埃及古代首都底比斯的大量绝世遗存，号称"宫殿之城"，世界最大的露天博物馆，几乎每一处遗迹都是古埃及历史的一个注脚。

从开罗去卢克索有三种方式供选择：汽车走公路，客船走尼罗河，飞机走空中。汽车颠簸在浩瀚干燥的沙漠，需要七八个小时，沿途难免遇到危险。客船更慢但悠闲，两岸黄沙复黄沙，景观无尽地重复，难怪老是用凶杀电影描述尼罗河上的风景，单调的风光苦闷了心志，便用残忍加以修饰。

我们搭乘了飞机，快，轻松，解饥渴。

卢克索第一眼的印象比开罗好，干净整洁，玲珑小巧。我们下榻的宾馆紧邻尼罗河，坐在阳台前尽可饱览尼罗河风光。庭院里草木葳蕤，几步到了河边步道，蘑菇状的遮阳伞下桌椅安闲。巨型客船停泊岸边，小游艇和小帆船游弋水面，隔岸是一望无尽的沙漠和灰黄的石山。

帝王谷就在那一片灰黄的石山里。当然，号称"宫殿之城"的卢克索少不了殿宇类建筑，最为著名的当数卡纳克神庙和卢克索神庙。昨天从机场进城时，夜色中看到好好的街道被开挖得很狼藉，壕沟不深，已清晰地露出两排狮身石羊雕塑。马普瑞说，这是一条古时连接卡纳克神庙与卢克索神庙的步道，大部分被黄沙掩埋，政府出手清理，不久将再现往日的神气。

尼罗河滋养了埃及，它比黄河还更像一个民族的母亲河。埃及人生生死死都亲近着尼罗河，不愿离开太远，更不愿太久。当年古埃及人以河为界，迎着

门农像

裸山近在眼前

东方日出的河东岸辟为生者居所，成就了广厦连亘、繁荣经世的首都底比斯；而把日落之地的西岸山岭开凿成逝者墓园，生死之望，一河相隔，见证轮回，记载了两个世界的循环。

车子很快走出市区，青绿的庄稼滋润了视野，尼罗河上的桥远不如古人构造的建筑精致讲究，过河依然是绵延的庄稼。很难想象，如果没有尼罗河，这片土地该是怎样的苍凉。然而，几乎一步之遥，火焰般的赤黄裸山野蛮横亘，黄沙爬满山腰，仿佛正准备居高临下突袭河岸，再次将繁华湮没。

Egypt

路途上，在田园向山地过渡带，两尊高峻的石雕人像巍然，很远的地方便能瞧见，近前才看清已残破不堪。人像呈坐姿，面部难辨，遍体鳞伤，只有一尊人物的腿部尚算有模有样。因了残损，却辨得清石像并非整块岩石雕刻，而是完美的拼接艺术。周边是庄田，背向灰黄裸山，脚下的沙地零星地长着绿草。每一辆旅行车都会停下，驻足雄伟又凄寂的石像前。马普瑞说，这是古埃及第十八王朝法老阿蒙荷太普三世建造的神殿门前的雕像，神殿已无踪影，只余两尊人像守护凋零后的沧桑。因为石像以希腊神话中的门农为原型，故后人称为门农像。有一个神奇的传说，每当风起，石像便能发出唱歌般的声音，后来罗马皇帝好心修补残缺，美妙的歌声却从此消失了。

传说有真有假，我宁愿相信是真的。或许人们痛惜石像的残破，还有踪迹全无的神殿，才以谜一般的传说安慰后人的遗憾。

裸山近在眼前。从山脚到山顶，布列许多破陋的不规则洞穴，仿佛中国黄土高坡上的窑洞，但没有窑洞那么规整。山坡上散落数座土黄石屋，透映些微现代气息，并没有改变居住环境的蛮荒。我猜想那些洞穴是古人的居所，或许遗弃的时间并不遥远。山都不高，但干裂荒芜的情景实在逼人。正想着它的可怕，我们的车子已经一头闯进石山，没有任何过渡，从绿意到灰黄来不及眨眼，如生死般只是瞬间。

一条黑色柏油路，蜿蜒在土黄的石山里，有走向未知之感。公路破山去石，斧削般劈开山体。没有草，更没树，干荒荒的，硬邦邦的，时而有黑色染石，如焚烧的余痕。搜寻记忆，好像在新疆的天山里见过类似的地貌，如人类想象的火星表面，天然的生命坟墓。

阳光肆虐，直接把炙烤的烈焰抛掷在山野，土被烧化了，石被焚裂了，空气都炽燎滚烫，汗水在皮下直接被热风蒸干，补充的水分跟不上体液循环。好像根本就没有风，风被烈日降服了，与山石一般坚硬，硬得人呀皮紧心疼。如果就此待下去，用不了多久，人体水分尽失，不想当木乃伊都为时已晚。

古埃及的帝王们，真会选择肉体永生之地。

帝王谷名副其实。在一个停车场处，柏油路戛然而止。向里，谷地逐渐趋狭，不长的距离，布满了60余座帝王陵墓。陵寝开山凿石，深者百余米，浅的也数十米，墓道或直或曲，石壁上雕满图案文字，赞颂帝王神灵，描绘来世往生，几近精美，堪为绝艺。数千年里，大多墓穴被盗，即便是官方考古发掘的，随葬品也运去了开罗的博物馆。

不允许拍照，可看的仅剩下石壁上的雕刻。灯光微亮，朦胧里更显阴森神秘。脚下拼接木梯，当今的保护恢复不了多年的破坏，不少壁画已损毁或模糊，岁月的痕迹像历史一样不喜欢清晰。再精美的壁画，也温暖不了死一般的沉寂，沉寂得冰凉，沉寂得坚硬，沉寂得恐怖。接连涌进的游客相比于沉寂的墓道，几乎可以忽略不计，人性的孤独、绝望突然而至，即刻回身出来，哪怕曝晒在烈日下，也不愿阴冷裹身。

然而，我不愿留下太多遗憾，身子不愿走进去，目光总还有余。那一壁壁的精雕细刻，被我的目光触碰抚摸，沉寂的恐惧慢慢镇定，接应了阳光的温度，尽管还解不开刻画的神秘，却隐隐感应了古老精神才有的神圣。目光缓缓聚焦，细节和寓意，凝视与分辨，某一个瞬间，仿佛看到千年之前的古人雕刻的场面，理智锁回了我的灵魂，凝望已经足够，虽然隔着数千年的时光。

对游客开放的陵寝不多，当然也不需要多，帝王们选择荒芜安息，正是不想听到太多后人的脚步声。与中国帝王墓豪奢的外观不同，帝王谷法老的墓穴以乱石堵塞洞口，从外看与周边的黄沙灰岩无异。可是即便如此，也没能阻滞贪婪奢欲入侵。无论是盗墓还是发掘，无疑都是对逝者的欺侮，对墓葬的糟蹋。

死亡都不得安宁，人性为何这般卑鄙！

从图坦卡蒙墓道走出来，已经没有太大兴趣去看别的。传说，图坦卡蒙墓是唯一未被盗墓者光顾的，缘于墓室的上方叠加了别的法老陵寝，而地表又有贫民搭建茅舍，无意间留下了完整的古迹。真是幸运，许多珍贵文物，得益于无意，可惜没有多少人珍视无意。

阳光烤蔫了人的精神，死亡在阴凉里微笑。曾有人说过，世上最富于魅力的诱惑不是生，而是死亡。身处帝王谷，绕不开死亡，仿佛时时都能听到旷古的宁静里一直波荡着死亡的声音。或许，帝王谷在提醒，体悟了死亡的最终抵达，才更珍惜短暂的生命，哪怕不放出光华，也要活得轻松幸福。

名字镌刻在石头上，身子安放在石棺里，永恒，终究是不醒的梦。

哪怕将一座山的美石都采下，雕刻成玉石精品，垒成华厦，再请神灵驻

方尖碑

05 帝王谷的阳光

阿蒙太阳神庙

守，也不见得有一座山坚固持久，比一条河源远流长。

卢克索的众多华美神庙和宫殿不就是法老们的痴梦吗？

荣华富贵是生者的追求，担心不稳妥，还要扯上神祇的保佑。古埃及人无限信仰太阳神，1000多年来，历代法老大兴土木新建续建太阳神庙，将古埃及人的聪明才智发挥到极致，创造了堪称建筑艺术高峰的辉煌。

我们先去看规模宏大的卡纳克神庙。

偌大的停车场几无空地，接踵的游客在烈日下走向远古。依然是西方人居多，曾经的掠夺如今的保护都是他们扬名。步行的路程很远，宽阔的广场，只有数棵矮树远远地呆立。真是寓意深刻，来游瞻阿蒙太阳神庙，先要接受一阵毒辣阳光的煎熬，躲无可躲。转身看，尼罗河静流前方，茂盛的绿消化了太阳的烈焰，心底油然生出丝丝清凉。

迎面是两堵耸峙的高墙，远远地便吸引住了目光。右高左低，都已残缺，史上称作"塔门"。墙前的甬道上有座方尖碑和两排狮身羊面石像，石像几乎无一尊完美无缺。我曾问马普瑞，为何古埃及人喜欢雕塑狮身石像，比如人面的、牛面的还有羊面的。他解释说，古埃及将狮子视为力量象征，以狮子雕塑石像身形，寓意至高无上的权威和尊位。

Egypt

穿过塔门，如入巨型石林，粗圆的石柱，规则地排列，看得出曾是宏大建筑的支撑，可惜都断裂成残缺。两边还有一排较为完好的立柱，柱顶上横亘着石条，保持着原有的威风。靠墙又一组狮身羊面石像，密密地挤立，像是后来从别处移到此处。一尊石像前围满游客，近前细看，知是拉美西斯二世和他的妻子。高大的拉美西斯，矮小的妻子，而且妻子被雕刻在拉美西斯两腿之间，玩偶一般。精美的石雕，哪怕比例看似和谐，却也透视了女人地位的卑微。他敬仰了太阳神，却把女人当成低贱的玩物，伟大与卑薄完全可以巧妙地集于一人之身。

石柱更密更粗更美

狭窄的石柱森林

拉美西斯二世和他的妻子

Egypt

拉美西斯二世堪称古埃及最后一位伟大的法老,他当政时将古埃及治理得井井有条,国家达到鼎盛。为了彰显他的伟绩,他在全国各地雕石立像,几乎每一处重要建筑都留下了他的足迹立起了他的雕像。卢克索现存最好的两座神庙废墟里,塑立石像最多的法老就是拉美西斯二世。

不仅拉美西斯二世,每一任法老都会毕其一生恭敬朝拜和倾力拓建神庙,唯恐对神灵不够虔诚。1000多年里,延续着仿佛统一设计好了的建筑风格,成就了规模宏大的卡纳克神庙。资料说,仅巍峨的门楼就达十座,雄伟的大殿三座,可谓举世无双,可惜现今的遗留不足鼎盛时期的十分之一。

抬步再行,猛然阴暗,人流被收进狭窄的石柱森林,高耸的圆石柱,队列般端立,阳光只在石柱上部示威。必须仰视,才有一线蓝天;必须屏息,才觉身心稳当。压抑、谨肃、敬畏、震撼,甚至不知如何是好。想逃离,更想再走进,壮观、宏伟,不可思议。我不敢触碰,尽管没有任何防护,仿佛那是天神的杰作,人的肉身一旦接触,不仅是污损更是亵渎,只能敬慕。

我拐向左边,石柱更密更粗更美。石柱下粗,往上渐细,两柱间的空隙比圆柱还要窄狭,好像只求圆柱的壮观,并不考虑空间的宽敞。石柱顶端赫然挺举着一个个圆桌样的托盘,方状的粗长石条横亘之上,搭建成庄严的殿堂。我走过一排又一排,数不过来多少根,像走不出去的迷魂阵。别说这么多,即便放一根在我们的城市,都会成为令人惊慕膜拜的神物。

不仅粗大浑圆,而且是精美艺术,每一根圆柱通体都雕满图案文字,每一刀每一凿都异常讲究。虽然我看不懂整体的寓意,但清晰的鸟、虫、鱼、花、草、人……诸多栩栩如生的场景,仍能让人产生无限联想,不难猜出写实了当年的生活,幻想了美好的天国。

石刻的历史,连环画般呈现遥远的质朴和辉煌。

每一个时代都有各自的追求和梦想,但哪一个时代都少不了一个好字,求好求美是人性的宿命。

神庙已倒塌成废墟,但这些石柱石墙上的精致雕刻依然存留,真庆幸是刻在坚硬的粗大石柱上,又是附着于石面的浅浮雕甚至"负"浮雕,如果是像中国莫高、云岗等石窟艺术宝地那样的高浮雕,或许也早已被文化盗贼文物贩子偷卖毁坏。我甚至相信古埃及人意识到了高浮雕的可怜命运,才选择了独特的

石刻的历史

残垣断壁

"负"浮雕,他们宁愿建筑物就地扑倒,也不忍艺术被盗贼糟蹋。

我回来查了资料,得知这个神殿是卡纳克神庙中最大的,被人们称作"柱厅"。计有16排134根圆形巨柱,中央12根最大,均高23米,直径5米,据说柱顶可以站立百人。我上不到顶端验证,但我伸展双臂试了试下端,丈量了几次我放弃了,太粗大,我不可能用我肉体的双臂环住神的腿脚。

走出这片巨型石柱厅,眼前豁然。不是因为空旷,而是各类建筑坍塌得惨不忍睹,只有很少的石柱还完整竖立,其余石柱和墙体用断垣残壁形容都显得

Egypt

过分夸张，而且越往里走越残破，许多已完全扑倒于地，散乱成大小不一的碎石。一些仍站立的石柱，身形与刚才的巨大石柱也不同，周身没有一组浮雕，却有不规则的石块凸出柱身，让人误判成石柱是由石块垒筑而成。另一处的石柱不太粗大，但雕刻出精美的凹槽圆脊，通体造型如美女的腰身妩媚窈窕。

在我的知识储备里，如此这般的石柱有一个响亮的名称：罗马柱。我在许多地方的建筑上欣赏过惹人眼球的罗马柱，但这次到了埃及，特别是到了卢克索看了神庙，突然感觉实在委屈了古埃及人的聪明才智，如此巨大精美的石柱，竟然没有落得一个传之广远的名称。

埃及柱，应该称作埃及柱，才算实至名归。

尽管已倒塌成废墟，但残缺的伟大依旧无与伦比。还有方尖碑，更是古埃及人独创的杰作，被视为金字塔之外古埃及文明最富有特色的象征。近代的强权者殖民者掠不到名，便抢掠文物，他们不移走粗大石柱，就把最具代表性的方尖碑大量搬走，只给埃及人留下可怜的五块。

文明对文明的掳掠，从来都不讲文明。

残损的人物雕像

石柱是神庙的筋骨

　　卡纳克神庙遗址里还有两块方尖碑，矗立在废墟里异常劲挺。碑体个别方位有残破，整体完好。四面方柱，下粗上细，顶端尖利。碑面通体雕刻象形文字的阴刻图案，赋予了石质的碑身庄重和神圣。据说这是世界第一位也是埃及唯一一位女法老哈特谢普苏特献给太阳神阿蒙的。当年碑尖曾包裹金箔，旭日东升时金光闪闪，而今却是光秃秃的石料，再绚烂的阳光也映不出光彩。

　　更可怜的是残损的人物雕像，数量众多但没有完好的。与方尖碑的命运相似，大部分被掳走被移动，剩下的便任其毁坏。自从诸神敬畏的信仰离开埃及，这些石刻的圣物便成了废物，毁坏成了最自然而然的事，直到当代被视作了金钱，才得以苟延残喘。

　　我几乎在废墟里走了一圈，有的可以信意攀上，在尚存的残留上踟蹰，心中波荡无尽的感慨，眼中轻漾遥远的渺茫；有的只余散乱的碎石。驻足凝视，浮雕的残迹依稀，阵阵隐痛刺心。蜂拥的游客，密集的脚步，继续践踏着早已可怜的古迹，万年风雨的侵蚀也比不上人潮的威力。我敢断言，那些残存的浮雕，很快就会被游客的手迹脚印磨蚀到世界各地。

Egypt

保护与开放，什么时候不再悖异？

卢克索神庙也好不到哪里去。两座神庙距离很近，好像拐个弯就看到了那尊方尖碑和巍然塔门。马普瑞仍不愿陪我们进去，在塔门前指了指方尖碑说，本来右边还有一尊方尖碑，1836年被当时的埃及总督默罕默德·阿里进贡给了法国，如今矗立在巴黎协和广场。

那是拉美西斯二世的杰作，塔门两边现今仍端坐着他的两尊雕像，旁边还有一尊他的立像，可惜他没有看护好自己的作品。

进入塔门便是密实的殿堂，粗壮的石柱布列两边，形成狭长的廊道。石柱是神庙的筋骨，支撑出非凡的壮观。相比而言，卢克索神庙的石柱比卡纳克神庙的略细，但雕刻得更讲究更美观，不同风格的凹槽圆脊，柱顶纸草花茎的造型以及柱身的"负"浮雕，都堪称艺术精品。还有石墙上的浅浮雕，映放鲜艳的彩绘，几千年风雨，依然绘声绘色活灵活现。

法老的石雕像也多，站像坐像，各显威严。但大多被斩首，是文物盗贼造孽，还是宗教信仰摧残？身首异处的法老们，伤感落泪时能否心眼共沾襟？

透过柱廊的空隙看到前方一座清真寺的宣礼塔，我一点不惊讶，回头问马普瑞，他也不以为意。据说当年修建清真寺时神庙完全被尼罗河泥沙掩埋，后来才慢慢从数米深的淤泥里清理出神庙废墟，而且清真寺是在一座教堂的废墟上建造的。我宁愿相信这种说法，但又疑惑近20米的柱廊怎能完全没入泥沙，甚至怀疑教堂和清真寺的支撑柱就是神庙的石柱。

信仰，左右了人类的精神崇拜，一座建筑的改变简直不足挂齿。

马普瑞说，如果傍晚从尼罗河上观看卢克索神庙，犹如浮动在棕榈树冠上的一艘巨船，高高的方尖塔恰似船上的桅杆。他还说，卢克索就是一艘埃及的圣船，承载了数千年的辉煌和沧桑。

离开卢克索时，我还在想，世界上很多景点都是供人观赏的，而卢克索的神庙却是用来阅读的。

SECTION 06 沙漠生命

在埃及，离开尼罗河等于放弃希望，流长的尼罗河滋养的生命区域，狭窄得宛若人生的宿命。

我一直佩服尼罗河，能理直气壮地从世界上最大的沙漠穿过，最后浩浩汤汤地汇入大海，该是一种多么威风凛凛的磅礴气势。然而，她提供给人类的绿色却也太过细长，细长到稍微离开一点都面临死亡。

自古至今，几乎所有重要的埃及城市都没有远离过尼罗河。择水而居是生命延续的自然本性。沙漠也需要水，但沙漠过度的饥渴吓坏了水的柔弱，生命只得远走高飞。

我们的车子离开卢克索沿尼罗河北行，路途树木森然，庄稼蔚然，村居井然，但谁都知道好景不长，不管如何不情愿，猛然间就会满目苍黄，浩浩沙海茫茫荒寂。我无数次从绿意盎然走向沙漠，大部分地方都有缓冲或者过渡，断然的视觉冲击常常无措，惊心震胆后的绝望仿佛被黄沙裹挟。

到埃及才三天，我已数次体验。

去帝王谷路途短暂，时间也可承受，今天要从卢克索乘车穿越沙漠去往红海边，数个小时的荒漠旅程，更加上烈日炎炎车内空调坏掉，一路纯粹煎熬，经受了从未有过的痛苦。

好像又别无选择，自古华山一条路。但车辆可以选择，空调是必须有的。卢克索的活动，车况良好，谁知去红海换了一辆。马普瑞事前没告知，我们还以为跑长途换了辆好的，得了便宜般高兴了一阵。

Egypt

尼罗河

　　沿尼罗河繁茂的绿意走，打开车窗清风徐徐，并没感觉热，更忽略了前方有热浪滚滚，等驶入沙漠，要求打开空调时，才发觉车内空调根本不工作。车内闷热，车外燥热，里外不自在。再回头换车，时间不允许，便期望离海越近会有海风抚慰，谁知越走越热，越走越干，越走越闷。唯一能做的，就是埋怨马普瑞。群起而攻，释解积郁。他倒好，我自岿然不动，还声声谑嘲："一点不热呀！这哪叫个热呀！"

　　悲催，竟然忘了他是老板导游。

　　即便前世的冤家，也不该如此路窄。

　　如果有一棵树，谁都会立即喊停，躲去树荫下享受一阵沙漠热风，尽管比闷热的车厢里好不了多少，但人就是这样，换一种环境，也能换一种心情，自我安慰的把戏，人类最擅长。

　　可是没有一棵树，一棵也没有。茫茫复茫茫，苍苍复苍苍，除了浩瀚还是浩瀚。人们形容海之浩瀚，那是震撼；我描述沙漠之浩瀚，那是胆颤。看不到希望的路途，真不如回头。可惜我们还有希望，尽管遥远，在浩瀚沙漠边的浩瀚大海边。想一想，心头便吹拂一阵海风，爽得更加渴望。

有草，一棵棵的，成不了丛，更成不了片，荡漾不起舒心畅意的绿波。除了孤零的茅草撅了撅身子，其余都壁虎一般紧贴地面，怕被甩出地心引力似的。如此空旷高远，本该可以铆了劲儿地上蹿，怎么扩张发展也无遮无挡，多好的空间条件。然而阳光和干风囚禁了它们的劲头，稍敢昂头都可能被无情斩首，生命的珍贵远远比迷人的空间温心暖意。

矮草提供不了阴凉，但起码润养了眼睛。每次在起伏无际的沙漠里看到柔弱的小草，我都禁不住驻足，站在阳光的方向，哪怕为它制造一时半刻的遮挡。我钦佩小草的顽强，可怜小草的生长，贫瘠的家园，恶劣的自然，看不到一丝改变的希望。远不如我们的旅途，虽然难熬，毕竟有海风等在前方。

沙漠中的小植物

沙漠里的特有植物驼瓜

Egypt

偶尔可看到丛丛小片的瓜秧，恣意地铺展，沙土掩蔽了，又钻出再伸延。我第一次看到这种植物是在迪拜，乘坐沙漠越野车冲沙，一片一片的瓜秧从车旁闪过，圆美的瓜果斑斓着西瓜的纹路，我好奇得忽略了冲沙的刺激，目光一直在沙丘上搜寻。终于在停车休息时，我直奔最近的一棵瓜秧，以解我焦急的好奇。我先拍了几张照，小心地将掩埋的沙土清理，欣赏它诱人完美的裸体。我特意摘了两个，宝贝似的装进随身的旅行包。我问冲沙的司机，他说是驼瓜，沙漠里的特有植物，因为骆驼喜吃，能极快地补充水分，于是被称作"驼瓜"。驼瓜味苦涩，内瓤与西瓜相差无几。在迪拜几天，我一直把它们摆在宾馆的桌面，每晚都要盯住看一会儿，新鲜的陌生总能让我趣味盎然。

　　沙漠里的生命，无论什么，我都油然尊重。

　　我们总在说一定要治理沙漠，沙尘暴的造访迷蒙了眼睛，也磨损了心智。破坏，从来都带着不能饶恕的罪恶，但治理未必是科学的决策。在迪拜时，有人曾开玩笑，治理沙漠的最佳最有效方式是建设城市，迪拜的成功开创了美丽的先河。迪拜只有一个，沙漠无数，广远浩瀚的气势足以吞噬奢望。沙漠自有沙漠的生命体系，一棵草干枯了，小鸟和风又在别处播下了种子。有了水，人类的脚步比种子还先落地，之后的所谓建设到底是维护了大自然的生态，还是进一步实现了人类的利益？

沙漠里卖烤肉的小伙

06 沙漠生命

反正这片称作东部沙漠又叫阿拉伯沙漠的地方还没有多少人类的身影,即便这条繁忙的旅游公路上,也没看到几辆车。曾几何时,别说我们这一辆车,一支车队也不敢这般轻松无忌地飞奔。1997年卢克索发生的恐怖分子射杀大量游客的事件,曾重创作为埃及经济支柱的旅游业,萧条的现实,危险的环境,逼迫埃及政府组建了旅游警察部队,每一辆载有外国游客的车辆都有重兵护送和守卫。比如我们这次的红海之行,搁在数年前一定有警车跟随。紧张了若干年,近年来总算可以安全地通行和游玩。但至今,仍能看到一些路口和景点布置了旅游警察,紧绷的弦还会延续。

一朝被蛇咬,十年怕井绳。恐怖分子的一阵夺命枪声,让埃及惊恐了不只十年。旅游业是埃及经济的一根脊梁,别说断裂,哪怕伤风感冒,也是坍塌般的灾难,废墟支撑的古文明,再也容不得捣乱式的毁灭。

车子行进到了山地里,黄沙如纱,从山脚披上山坡山腰山脊,山沟储藏室一般蓄满沙粒,黄澄澄的如收获的谷物屯作了饥年的命根子。山不高,不狰狞也不壮美,毫无特色的平庸令人眼睛疲惫,造山运动的败笔信手扔到了这里。山石呈灰黑又略露红斑,仿佛火烧的残迹。我在新疆吐鲁番到库尔勒的路途上领教过类似的山体,荒蛮得不像人类居住的星球。

荒漠中的歇脚地

Egypt

满目石岩裸体。山上没有绿色，杂彩的岩石丰富了视力。只在山脚下零星摇动几棵小草，强劲的生命力羞怯了高大的山体。我怀疑那些小草是为躲避风沙才扎根在山脚，偶然的雨水也能从山坡顺流而下积存身边滋养身体。它们是聪明的灵物，找寻着一星半点的生命希望，然后顽强地茁壮，给灰黄的自然点缀了鲜润的颜色。

终于看到了几棵树，进而连成一片，在荒蛮里夸张着丰饶的身姿，得意地骄傲，晃脑摆手地勾引行人前去乘凉。又有了建筑物，散乱地布局在路边，修车铺子，加油站，更多的是商店小吃店，摆摊的给大地增添了色彩。遥远荒野的路途上能有这样一处歇脚地，真是路人的洪福。如果对比联想，有点像中国过去的驿站，一座小凉亭，都能让疲乏的远行人轻松踏实。

色彩丰富的摊位

夕阳就像即将熄灭的炉火

这里连空气都是滚烫的

卢克索神庙

　　我们的车子停下，司机要喘口气，我们更愿意。不必刻意躲进树荫，山体已经遮挡了西斜的烈日，漫然的阴影罩满了热气腾腾的大地，虽然没有清风，虽然依旧燥闷，但心里已有了丝丝舒意。走过琳琅的摊挡，悬挂摆放的都是民族特色的纪念商品，显然是为落脚休息的游客准备的诱饵。我们一个摊点一个摊点地逛，一件商品一件商品地抚摸，都没有购买的意思，约定了一般耗费时间。马普瑞催了两次，我们口应心不应，脚步就是不往车边走。我们宁愿走黑灯瞎火的夜路，也不想走进闷热的车厢承受阳光的煎蒸。

　　真是一处好地方。四周岩山围绕，尽管裸露着苍凉；满眼绿意装饰，虽然弥漫着枯黄。黄沙细软，在脚下铺成舒适；人声喧闹，在耳边萦绕生机。这里肯定有水，哪怕地下抽取；这里位处要冲，即便房舍几间。

　　人的生存需要，也像沙地的小草一样，适地而居。

Egypt

法老石雕坐像

自我感觉待得差不多了，我们才走向车。马普瑞不大高兴，像被冒犯了尊严一般，虎着脸，一言不发。管他呢，人舒服了才是最要紧的。确实，没了炙热的阳光，空气明显降低了热度，扑面而来的风有了些许的爽劲。他不吭气，我们几个你一言我一语，自我畅快着情绪，谈论沙漠的荒芜和山体的贫瘠，幻想前方的清凉和大海的颜色。

一直是起伏绵延的山地，山体忽远忽近，忽高忽低，移换着造型，模糊着质地，就是没有树没有草没有生命的痕迹。黄沙不离不弃，紧随着曲折的山形，妖娆着自己的身姿。电线杆修饰了视野，好像是一路上最虔诚的伴侣，它把文明输送到寂寥的荒野，自己甘愿承受恶劣的待遇。如果有一棵小草伴它身边，它都能高兴地哼唱几天几夜。

我向来觉得，寂寞不是孤独。甘于寂寞是生命最大的财富。要知道，行尸走肉也有自己的幸福。

山体把太阳的暗影拉伸到无限长，山脊的间隙放射万缕光芒。黄沙变色龙一样适应光影的呼唤，渐渐黯淡成青灰色。山的那一面在燃烧最后的炉火，映衬着暗影中焦黑深红的山岩依稀朦胧的轮廓。很快，炉火消失，夕阳的晚装褪去了明快的艳丽，只留柔弱的淡彩在大地上游荡。天上的星星，已在眨眼。

车内突然安静下来。互相之间已看不清面目，车灯的亮度眷顾的是前路。或许，黑夜的光临收缩了白天的兴奋，也携带了不可预知的危难。我们是外来的闯入者，没有担忧的心理预期，马普瑞不一样，他了解路况和治安现状且肩负责任，他有无担忧我最想知道。

"走夜路安全不安全？"我问得好像有点弱智。

"放心，现在好得很。"他回答的语气并不自信。

"会不会有野生动物出没？"我的同伴问得有点弱智。

"野生动物比人安全。"马普瑞一针见血，"最大的麻烦和危险是坏人，野生动物你不惹它会相安无事，人不一样，人害人。"

庆幸荒野里从来无人，也没有野生动物，担忧安全未必多余。但危险往往就出现在多余里，出现在放松的警惕里，像这样的长途夜路，有几个危险不是突如其来的，不是乘人不备的？我们不是无知也不是傻大胆，我们别无选择，前方的路再远，都得在夜色里朝前赶。

Egypt

再浩瀚的沙漠也抵不住夜幕的深邃，夜色吞噬一切，黑暗里的危险与安全是对孪生兄弟，恐怕父母也很难分辨得清楚。今夜，我们一车行走在沙漠里的生命，试图认清一对孪生兄弟。

除了汽车的声响，世界寂静得有点恐怖，山影扮演了装神弄鬼的角色，电线杆更像突然而至的邪魅，星光只在上空闪动，大地被黑暗统治得密不透风。我抬头看星星，伸手抚摸干爽的夜风。清寂，也能给人带来别样的舒服。

还有多远？我的同伴问马普瑞。

很快就到了。他的回答简短无力，似乎中途休息的不愉快还在左右他的情绪。以我的经验，得到这样的回答，一般都证明回答者自己没谱，应付而已，实际的距离有时短得可笑，有时长得急人。

既然已在夜色里行走，索性做个二百五，急躁与担心是跟自己过不去。假如突然出现什么状况，反而给无聊的旅途增添了丰富的内容。人生的经历无味于单调，有趣于丰富，真能有什么小插曲，该是求之不得的幸运。当然有人害怕出岔子，一件小事都能夸张得像死了一回，然后警告式地誓言今后不能如何如何云云，仿佛如此这般以后什么危险都不会光临似的。

危险无处不在，关键是抱一颗什么心态去对待。

"要是晚上在这里扎营，不知是一种什么样的感觉。"我打趣道。

"省心吧你，这样的点子亏你想得出来。"我的同伴声音微颤。

"最有可能的是，明天埃及多了几具来自东方古国友人的木乃伊。"马普瑞话没说完自己先笑了。瞧人家，这才叫幽默风趣。一路上老板架势端得有模有样的马导游，难得弄了句缓解气氛的戏语。就这一句，满车人喧嚷了很久，直到前方晃动了几点灯光，情绪更加亢奋。

那是海上船只的灯光。山影好像也突然消失了，视野里仿佛豁然敞朗，莹莹得似乎满天星光散落。红海，肯定是红海，只能是红海。舒服地换口气吧，顺利又安全，近在眼前的目的地，犹如亲切温暖的家园。

虽然还没有走出沙漠，但沙漠一直漫延到海边，海边的沙滩就是海水浸湿了的沙漠，那可是多少人梦寐留下脚印的精神乐园。沙漠一点不可怕，沙漠也是人类的家园。

沙漠里的生命，我们曾经见证。

SECTION 07 蓝色红海

　　红海一点都不红，虚假的名不副实起码迷惑过我少年的思绪。知识里的海是蓝的，而且是湛蓝的，一直与纯净天空媲美。到底是天照蓝了海，还是海映蓝了天，我到了红海依然在找寻答案。

　　可是，为什么叫红海呢？因为浩瀚的沙漠？还是此间历史的血腥？不想根究，名字乃符号，能有多少刻意名副其实。荒诞，同样是耐人寻味的意境。

　　沙漠直接伸进了海里，虽然颜色不同，但却连缀得密不可分。沙漠是固体的海，海是液化的沙漠；沙漠是火性的海，海是水性的沙漠。从沙漠走向海，就是一种水火的交替，就是一种固体液化的变异。

　　变异得圣洁纯净。沙把海水滤清了，海把沙漠凝静了，邃野旷逸。

　　昨夜在星光下入住，感觉不出兴旺的人气。宾馆像连体别墅，不规则地散居，每幢规模都很大，中央设置游泳池。马普瑞又一次施展老板导游权威，把我们安排得七零八落，想互相走动都要徒步半日。我住的那幢楼空荡荡的，房间规格一模一样，完全可以安排在一起。我相信隔离般的分散不是他的临时动意，住宿应该早已确认，但如此诡异，不能不让人怀疑他这是对我们旅途中牢骚怨言和迟滞不走诸多"违逆"行为的报复。

　　以恶意揣度别人，并非我的本意，不过是一种心理报复而已。

　　夜色灯光里的游泳池蓝晶晶的，也静幽幽的；宾馆外小街上的游人影绰绰的，也静悄悄的；近在咫尺的海不声不响，仿佛也在夜光里静思一天的繁盛。

　　这么安静，安静得有点荒谬。红海边著名的旅游胜地，不该这般冷清。

Egypt

我还没弄清这个小城的名字，匆匆的脚步，蜻蜓点水地走过，好像没必要什么都胸中有数。

不敢走远，夜深人生地不熟，回身在院里徜徉，在硕大的游泳池转悠。一条条躺椅静卧，身体的余温似乎还丝丝留存，近乎赤裸的肉体该是怎样的肤色，每一个窗口好像都能捕捉到好风景。

白天的热闹，荡漾更多的应该是对眼睛的诱惑吧！

晨醒即听到水声，偶尔的脆笑更撩醒了睡神，半起身透看窗外，几个姑娘在水里游戏。一色的白皮肤，一致的洋面孔，说着听不懂的语言，闹出一样欢喜的笑声。下床走上外凸的阳台，俯瞰一地眼花缭乱。昨夜空荡的条条躺椅，多半被窈窕身材占据，三点掩饰的诱惑，勾勒了色情的身形。窗下就有俩姑娘，直挺挺地躺卧，展示着美的自然，如天鹅下凡，不知馋坏了多少"癞蛤蟆"。

我的一个同伴端着相机大方地走在美色里。伸颈，蹲身，歪头，撅腚，气定神闲地选择角度借助光影，专业般咔嚓着快门，一群被动无奈的洋人游客成了免费的模特。我想喊他，制止不了，起码提醒一下不太礼貌的摄影动作。但他却扬扬手呼唤我下楼，发现宝藏般得意着神情。哎，这等美妙阵势，仿佛在国内一生难遇，失点态也属情理，总比貌似君子却掩目偷窥令人宽心。

连绵的草顶遮阳棚

当然，我也不免俗。没下楼，拎着相机从阳台找角度，怎么拍都是美。

宾馆几乎紧挨红海，披着浴巾的三点泳装女郎，秀逸的身边或许伴随着肥硕剽悍，肉团一样，舞台剧般在沙滩上走场滚动，煞是吸引眼球。连绵的草顶遮阳棚几乎侵吞了沙滩的天空，躺椅更是辅展了沙滩的每一处空地。埃及人穿着衣服，我们几个中国人穿着衣服，西方游客全都放松地亮出了古铜色肌肤，大方地走躺在阳光下，贪婪地享受炎热抚摸。

同伴提着相机给我看他的杰作，我指指近处的沙滩，示意那里的美色更值得浪费时间。马普瑞凑趣道，等会去潜水，你们愿意的话可以一丝不挂，来到了红海，不必羞答答。

"她们比我们休闲。"我脱口道。

北欧人多，都是来度假的，一待很多天，没晒过太阳似的。马普瑞司空见惯的语气，不屑里夹杂了得意。

埃及人不可能这样休闲，中国人的休闲处于初级阶段，发达的欧洲具备了足够的条件。他们那里也有沙滩，但没有这样的阳光；他们那里也有海洋，但没有这样的气温。对阳光的贪恋近乎痴情，富裕稳定的生活给了他们旅行休闲的机会和时间。相较于他们，大部分国人尚处走马观花的旅游阶段。匆匆到此一游，快餐式地享受风光、风情、美食和服务，便积攒了对人吹嘘的资本，以至于有了"上车睡觉，下车撒尿，到了景点疯狂拍照，回家一问啥也不知道"的自嘲。

事物发展自有阶段和规律，一步登天相较于循序渐进，前者更像是美丽的醉人幻想。

幻想毕竟是幻想，现实残酷也干着急。

比如我们今天的潜水，第一次尝试，不可能一猛子扎进深海。

走出街道就是沙，其实街道就是硬化了的沙。周边一直逼压着灰黄，突然眼前现一片润目的蓝，该被震撼得多么兴奋。

那就是红海，那就是湛蓝的红海，那就是湛蓝到深沉的红海。

确实蓝，蓝得纯净，蓝得圣洁，蓝得沉稳，蓝得明透。颜色变幻着，层次交互着，深浅、远近、生物与海底构造，一起写意了海的色彩。柔蓝、翠蓝、碧蓝、宝蓝、瓦蓝、毛蓝、湛蓝、黛蓝、乌蓝……或许还能变幻。近海沙底，

湛蓝的红海

像蓝宝石般晶莹的海水

海水莹莹如水晶泛光，明净明蓝。暗色处，水下必是石质或长满珊瑚，起伏的波浪都带了与友嬉闹的欢喜。

  我们走上一座木质的栈桥，清澈的海水在脚下轻唱。我仿佛感觉海水在用清亮的眼神告诉我，她的纯洁需要护守。我们不远万里走近她触摸她，心理的渴望完全健康，岂不知良好也隐含着伤害，我们愉悦的满足对她必是骚扰。于是，我像一个犯了错的孩子，向红海弯下了腰。

浅水里泡着人，沙滩上走着人，木椅上躺着人，红海太纯太美，世界上太多的人想做她的临时情人。游艇码头接二连三，海岸线被白色的游艇占领，海面上也是白点游弋，共同虚张起豪放的繁华。我们不免俗。马普瑞早已约定好一艘小艇，像人贩子那样把我们赶进船舱。

　　船只是白的，船手是黑的，不像阳光的作品，应该是中南部非洲人。跟街

Egypt

上许多店主一样，近年来显然接待了大量中国人，憨厚的嘴唇总能蹦出几个中文单词："你好""谢谢"。他又多会了一个："脱。"刚说完他自己大笑起来，笑得我们好像本就裸了身子似的。他让我们脱衣服，换泳衣。然后指指水里和岸边，示意要向那些西方人学学。是呀，到了红海，衣服真是多余，不说另类，起码别扭。

黑人只穿裤头，宽松的，肯定比泳衣舒服。黝黑的皮肤似乎透出暗红，像太阳灼烧的灰烬，留下健康的印痕。他的笑很自然，看着看着就想回以笑，都很善意，给双方愉悦，不像国内一些服务行业常见的那种职业微笑，同是笑容，但笑得硬，硬得让人一本正经心生抵触。

船底是透明的，格子状的玻璃结构，海底世界清晰可见一目了然。专业，带给人的总是轻松和享受。船行不远，黑人船手停了发动机，指了指船底玻璃。水不深，沙铺底。小鱼成群，大鱼漫游，触手可及。再行，水色渐深，乌金般黑里泛红，斑斓的珊瑚挺身摇姿，鱼戏草舞，生机绵绵。我们不知该呆傻还是该疯狂，美的刺激让人智商瞬间虚脱，只留下眼睛独自惊喜。

黑人船手说："下。"然后挑了挑眉眼，又是笑。

海水在脚下轻唱

蓝色红海

海底世界清晰可见

　　海水及胸，浮力汹涌，下潜并不容易。我们的潜水装备也十分简陋，一副游泳镜，一部呼吸器。让专业人士看到，不说我们冒险，也会说我们胡闹。但事实上几乎没有危险，水浅其一，浪小其二，涌流近乎无，站立时如同在静水的游泳池。即便不用呼吸器，直接下沉也能尽情感受美妙的海底世界。

　　但脚和手实在受了罪。珊瑚丛生的海底，美丽的外表掩饰了粗糙锋利，触碰时不感觉刺疼却极易划伤，尽管也有柔软，但总体暗藏杀机。这方面我们远远不如西方人有经验，临近的一船中老年人，全都戴手套蹬软鞋，触摸和踩踏均有了保障。于是，我尽量浮在水中，脚不踩蹬，触手时小心，但因浮力，很难理想地控制姿势，失手跌足难免，身体多处擦伤，又因小心谨慎，减损了不少乐趣。

　　古人讲，"工欲善其事，必先利其器。"美丽绕身，即使能临阵磨枪，都舍不得浪费功夫，哪怕遍体鳞伤，疼痛也成了快乐。

　　真漂亮，真刺激，真难忘。

Egypt

与海鱼同游，与珊瑚对视，与洋流争宠。鱼就在眼前，伸手可及，但就是难及，刻意地捕捉，双手合围，近在咫尺了，触到鳞片了，鱼儿倏然溜了，再着急也没用，再施巧也费功；仿佛鱼儿知道人的本事，故意逗乐而已；似乎鱼儿洞悉人的险恶，故意调戏而已。人的聪明智慧，这会儿无能为力，恼鱼恨自己。

我放弃了动作笨拙毫无收获的捉鱼，转而欺负动弹不得的珊瑚。它们的美艳吸引了我，它们的妖娆迷醉了我。红的，黄的，黑的，粉红，更多是白的，五颜六色，七彩斑斓。不忍碰，又禁不住诱惑。最喜红，海水的纯蓝，洗得红更红艳，更耀眼，一丛丛一片片里只认红的珍贵，宝贝似的。

抚摸，触碰，有的硬，有的软，硬的顽固，软的温柔，但好像都隐忍着被骚弄的痛苦，试图躲避我的亲密。密实的纹络、枝芽，盛开的莲花般，泡开的银耳样，是长大的灵芝，是成熟的鹿茸。真想采一株，抑或挖一棵，对美的贪心，欣赏哪能满足，掠夺后占有，才彰显人的本性。我知道不允许，犯罪和缺

埃及特有的旅游警察

德，肉体的惩罚与精神的谴责，何曾完全净化过污浊的社会空气。倡导的美好，总让逆反心理冒险着刺激，漏网的侥幸比守规的奖励更令人欣喜。

我真的摇了摇拽了拽，我不想崇高得卑鄙，但确实坚硬得岿然，没有工具的手力，抚摸和欣赏是最佳方式，占有，不仅勉为其难，也显得痴笨愚蠢。

但鱼儿的游弋告诉我，要用动态的目光寻视。岩石边，沙底上，零散了众多珊瑚的断肢残躯，如收割后的麦田里遗留的金灿麦穗，不知该珍惜还是可怜。捡拾，反而更有了罪恶感。珊瑚的美，放大了人类的摧残，收获的喜悦被悠长的叹惋俘虏。我冒出水面，静了静气，再沉下去，举出一朵红艳艳的珊瑚花。

黑人船手看到了，用力地摇头摆手，脸色严肃得近乎愤怒。那是绝对不允许的。我深谙他的意思。我放回了原处，又偷偷地藏匿，依然渴望着得到的贪欲。不用思考也能断定，残损的珊瑚都是游客野蛮的祭品，谁能保证毁掉的珊瑚没有被携走他乡。

我向黑人船手张开手，让他见证手里的干净。他咧嘴笑了，竖了竖大拇指。我却不依不饶，用手比画海底的惨状，然后指责他不尽职，没有看护好宝贝。他看懂了，耸耸肩，摆开手，一副无辜无奈的神情。上岸后我问马普瑞："为何海底珊瑚礁破坏如此严重？"他回答得轻描淡写："还好吧！"似乎我的关心否定了他们政府的努力。然后他又说："红海潜水是最吸引游客的项目，禁止接触珊瑚，也就失去了魅力。"接着右手拇指和食指搓了搓，狡黠地诡笑。那个动作谁都懂，数钱的快感，确实比维护残破珊瑚让人快活。

"何况，珊瑚是活的，一直在不停地生长。"他又补充一句，补充得气定神闲。

在海水里泡久了，也会疲劳。但意犹未尽，舍不得上船。于是攀附着船舷歇一会儿，再潜。划着水，蹬着沙，珊瑚礁石间，慢慢游走。不同的色彩，不同的构造，不同的身姿，还有疏密，还有大小，还有高矮。可心可意的，多看会儿；动心惹意的，轻抚会儿。鱼在破解我的好奇，水在鼓励我的得意。我在海底留下一串脚印和一片爱的处女地。

不知不觉，游离了船身几十米，舒口气，潜进水里往回走。中途与一同伴在水底相会，他手拿一只大贝壳一颗白珊瑚，我朝他摇摇手，他眨眨眼冒出了

073 第一章 埃及

红海边小城

各色商店毗邻

07 蓝色红海

水面。"很漂亮，带回去，也算个纪念。"他兴奋得语速极快。我说刚才捡了个红珊瑚，比你这个还漂亮，黑船手警告不准带。他说这还不简单，不让他看见不就得了。我问他放哪儿可以蒙混过关，他狡黠而笑，不言。上岸方知，他把白珊瑚放进了游泳裤裤裆里。

聪明狡猾的国人，我该欣慰还是羞愧呢？游艇穿梭，潜水的游客一拨接一拨，激动劲儿能掀风鼓浪。西方人高大的身躯犹如冒出水面的珊瑚，有的也手举捞起的珊瑚欢叫。众多游客的光顾，这片海底宝贝哪能招架得住，不说命运多舛，基本的安适清净也荡然无存。

我往周边望了望，黑色的海水呈带状分布，面积相对于湛蓝可怜可喜，可怜她的弱小，可喜她的坚持。黑色的海底都是生长着珊瑚的岩石。或许，深水的海底还有更多的珊瑚礁。面对人类，隐藏是最佳的自我保护。我为隐藏庆幸。

再远的远处，有灰黄的轮廓，难道是彼岸的大陆，神秘的沙特阿拉伯？红海很窄，窄得甚至两岸能够彼此相互顾盼。彼岸也是一色的沙漠。沙漠夹持，竟得一湾净水，天地造化，实在诡巧得神奇。

我们带着海水泡软的疲惫上了岸，回望刚才的海面，似乎多了一层耀眼的明丽。阳光笔直地垂青，一点没有柔婉的脾性。那片珊瑚聚集的深色，被白色的豪华游艇紧紧围困，我努力想象着珊瑚该如何突破重围。我不忍再看，心爱之物被旁人糟蹋，眼不见或许能舒缓心疼。

那其实是别人的东西，我的爱很实惠，是一种据为己有的自私。

马普瑞要带我们去沙漠，滑沙，汽车冲沙，骑骆驼，沙漠烧烤，享受沙漠歌舞。海水把我们泡累了，沙漠项目在迪拜领教过了，埃及红海沙漠也没有多少独特的惊喜。我们宁愿舍弃。尤其是昨日半天的沙漠桑拿，令人隐隐地恐惧沙漠，不说谈沙漠色变，也有怕草绳之虞。

到了红海边，沙漠尽失魅力。如果不是疲劳，一天都愿泡在水里。走过世界不少的海域，像红海这么纯然洁净又密布珊瑚的真是屈指可数，何况又那么浅，简易的装备都能玩得畅心畅意。相较于舒爽的海水，干热的沙漠趋同于地狱。

我们去逛街。以至于很久，我仍没弄清这个小城的名字。小城确实很小，

Egypt

一条狭长的街，精瘦的肋条上连缀干肉般的房舍，往西瞅是一望灰黄的沙漠，往东瞧是一池碧蓝的海水，都是咫尺的邻居。想看荒凉去西边，想看汹涌朝东走。实际上，沙漠和海水在城外整天交头接耳、勾肩搭背，把小城勒索得精瘦精瘦的。

城里人想方设法扩张，偌大的一个购物中心孤零零地建在沙漠里。冷落的气氛还原了小城的消费能力，要不是轮番的外国游客光临，这个场所建成日也该是关门日。街上的各色商店也命运类似，旅游商品始终唱主角，走着走着就可能听到几句劣质的汉语。我们都有收获。一件印有法老像与象形文字的体恤衫伴我走完了埃及余下的行程，又伴我度过几个炎热的夏天。

还有小巧的水晶挂件，物美价廉，意义非凡。坠在手机上，每一次晶亮都好像看到了红海的珊瑚，还有埃及的金字塔。

那一夜，我在灯光亮堂的街上走了很久很久，语音繁杂的市声里，我分明听到了纯粹的水拍沙地声，那是红海在与沙漠交流，交流得温情脉脉。

返回宾馆时，我特地去望了一眼红海，很静，像睡熟了一样。

沙漠也在做着梦。

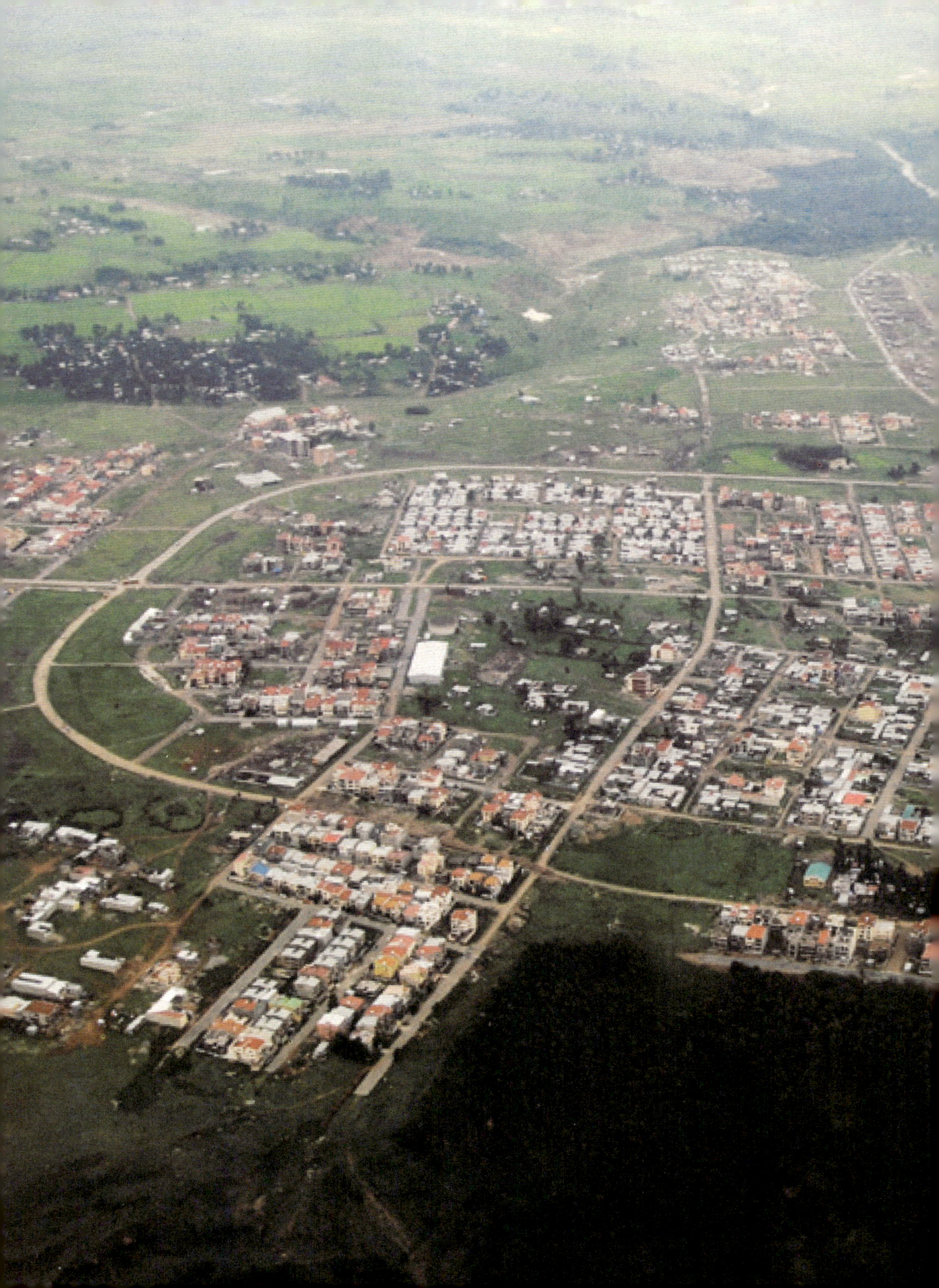

第二章
埃塞俄比亚
鲜艳的深绿

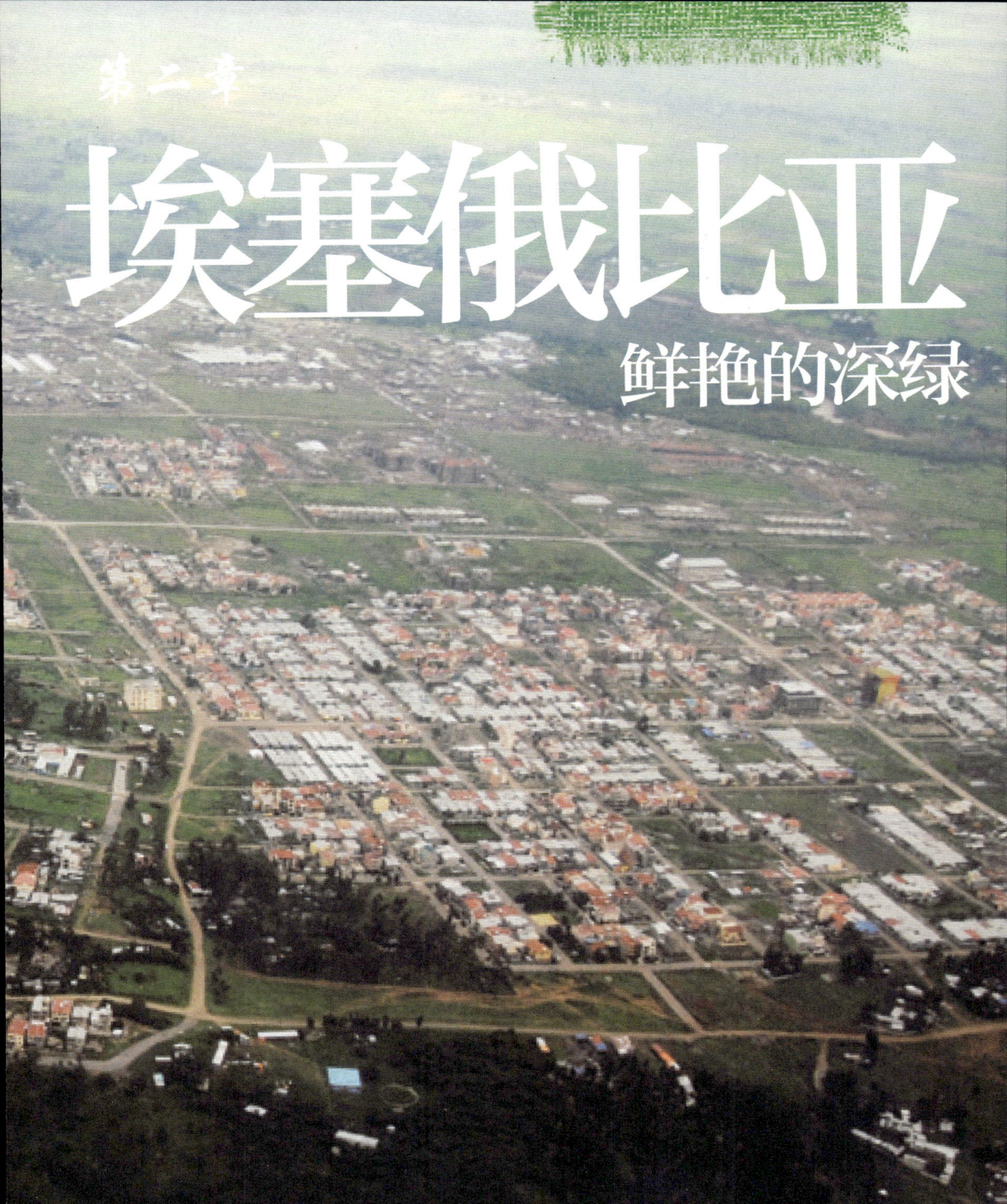

SECTION 01 行走的国民

能去埃塞俄比亚感觉很神奇。对中国人而言，非洲遥远神秘充满着诱惑，一南一北的南非和埃及还算些微熟悉，埃塞俄比亚除了名字，几乎一无所知，可谓陌生得凭经验都尴尬到狼狈。

行前我先查看了地图，确认埃塞俄比亚邻近赤道，大致相当于马来西亚的纬度，热带气候无疑，便想当然地准备了一箱夏天的衣服。毕竟才入九月，北回归线上的汕头还是火烧火燎，赤道边的埃塞俄比亚首都亚的斯亚贝巴不可能寒冷，凉爽都可能是奢侈的念想。

的确，我们习惯于用经验判断不了解的事物，岂不知许多谬误，经验都是最得力的帮凶。飞机落地，我便尝到了经验的苦果。短袖衫根本挡不住阵阵凉意，赶紧从包里掏出运动外套，才缓解了一身鸡皮疙瘩的得意。

平面的地图明确了经纬度，却隐匿了海拔高度，正是海拔误导了我的经验判断。后来得知，埃塞俄比亚号称"非洲屋脊"，亚的斯亚贝巴端坐在海拔2400米的高度，雨季旱季涵盖了我们所谓的四季，更没有冬严寒夏酷暑的概念，全年阳光温暖气候宜人。上帝真是垂青这片土地，将经世温馨拱手给予，哪像我们地处温带却饱受烈日曝晒寒流侵袭，舒爽的春秋短暂得像是额外的可怜恩赐。

入关手续方便快捷，没有出现传说中的拖拉和刁难。号称非洲第五大机场的博莱国际机场，规模和繁忙都令人刮目。走出机场凉意扑面，更有雨丝飘散，清爽的空气把人滋养得精神饱满。听说亚的斯亚贝巴每天都会落一阵雨，

Ethiopia

令人悲怜的破败

第二章 埃塞俄比亚

大小长短不一，像天神出动了洒水车，不时地净化一下空气。

机场很现代，豪华的外表和内里的富丽，都有让人置身富饶的惊喜。但出机场不久，断续的残破开始挠心，虽然植被繁茂葳蕤，却掩映不住穷困也装饰不出高贵。越接近城郊，越脏乱垢积，有初进印度城市的堵心，也有埃及开罗的皱眉。一国首都，给外人的第一印象是瞠目心惊，自己的司空见惯营养了别人趾高气扬的优越。

车辆很多，局部拥堵，喇叭声此起彼伏，人车畜争先恐后。车况大多破旧，据说以二手车为主，基本是日本人创造的牌子。路面尚好，路沿以外次第破损，仿佛乡间公路延伸到了城市。人行道起伏不平，质地芜杂，残缺如碎花。野草肆意侵掠，旺盛得像在自家院里玩耍，假如少踩些脚步，或许能连绵起片片柔软的草地。房舍怎么看都像临时的搭建物，低矮简陋，周身邋遢，脸面儿多少也不顾点洁净。卖商品的小店也不讲究，东西摆在门口挂在墙上堆在路边，一层一层的尘灰日积月累如增加的包装，商品的内容早已模糊了原来的模样。

01 行走的国民

她们以乞讨为生

路边的摊点

　　一旦停车，车窗边立马围来瘦长的手，大多是妇女怀抱精瘦的孩童，纯净的眼眸流露得到施舍的渴望。司机不敢摇车窗，隔着窗玻璃怒赶渴望的瘦手。我清楚，给了一人，可能引来一群，不管出于好心还是可怜，结局可能伴随危险。司机的吼叫已成职业习惯，尤其是载一车东方友人，他在本能地维护自尊。

Ethiopia

路边沿，草地上，树荫下，闲坐闲游的人成堆成片，大多是年轻人，神情木木的，无聊又自得。不像是在休闲，也不像在游玩，怎么看都是一副无所事事的状态。我后来专门询问了这种现象，答案不出所料，多数是无业游民，而且多以乞讨为生，职业化的谋生群体，暗淡了城市风景。

　　然而，就在这样脏乱的街上，常常可以看到一排排擦皮鞋的摊档，生意好得不敢想象。我看看飞扬的尘土，再看看擦鞋的火爆，真难相信两种相悖的景象竟能如此和谐地依存。我没有去体验的冲动，转眼的几步，皮鞋上就可能再蒙一层尘灰，那是大地的颜色，不擦不掸或许能抚慰我内心的矛盾。

　　车子已经进入城市中心区，崭新的建筑鹤立在简陋破败里，巨大的反差或是一路之隔或是紧挨的邻居，没有过渡的差异，突兀得令人不知所措。我们下榻的宾馆正是一座新建筑，方形的结构，围出一个天井，门前数米即是街道。宾馆干净清爽，门前也打理得舒服，但越出宾馆范围就是一片狼藉。从房间望下去，棚屋比邻，垃圾遍地，仿佛又看到了印度的贫民区。

　　好在四处绿意。不管是讲究的楼宇还是低矮的棚屋，周边好像都旺盛着树林草地。树林是天然的，草地也是天然的，葳葳蕤蕤，葱葱郁郁，许多低矮的房舍掩映在了林地里。如果说亚的斯亚贝巴是一座山林城市，它天然的林地和草地功不可没。

　　当然，人工的园林跟世界的发达脚步也不差分毫。我们去了不远的希尔顿酒店，偌大的宾馆就坐落在精美的园林里。草坪修得讲究，矮灌剪得讲究，树木裁得讲究，游泳池建得讲究，休闲椅摆得讲究。宾馆服务人员衣着光鲜笑容满面，讲究的礼仪准确地跟世界接轨。可是他们大批的同胞与之截然相反，憨涩的神情粗朴的衣装，大多数人还走不进这样的精致和庄严。

　　我相信自己的判断。路边闲坐的游民，街上讨钱的妇孺，远乡僻壤的牧人，恐怕没人走进过如此富丽堂皇的酒店。他们渴望过，在外围踌躇过，或许也尝试过，但不敢也不会被允许走进，形象和仪表被文明人抬举得太过崇高，崇高得他们只能倾慕和仰望。

　　安排停当，依多年的习惯走出宾馆，但不敢走远。陌生的国度，迥然的肤色，生疏的语言，没有任何借口可以让我大胆。走不了几步，已引起路人的关注，一群孩子从远处先朝我张望，几个年龄大点的开始挪动步子。我弄不懂他

希尔顿酒店园林

们的企图，好奇还是另有所谋，导游在接机的时候以至在路上的反复警告，退却了我好奇的脚步。我转身往宾馆走，停步在院前的花坛边。几个孩子隔马路朝我笑，笑得天真无邪，像我当年第一次见到蓝眼睛高鼻梁的洋人时一样。笑了一会儿，一哄而散，跑向来时的地方继续玩耍去了。我望着他们的背影，嘲笑自己的多疑多虑，却再不愿移动脚步走向街面。

担心，把我固封在安全的距离，于是对异国的了解，便被这段距离阻隔得支离破碎。

每次外出，我们都集体性地装进封闭的车里，隔窗观景，用眼睛搜索别样生活的蛛丝马迹，那种感觉犹如隔靴搔痒，舒服得难受，渴望得发慌。

一般说来，了解一国一地的民生民风民习，见证经济的供给，肉菜市场是最佳选地，但导游很难为情，瞧神色，好像揭了他的短亮了他的丑一般。我们理解他的感情，退而提议去看商品批发市场，他立马欢喜，说附近就有全城最大的商品市场，名曰"麦卡托批发市场"。车子拐了几个弯，路上便开始拥塞装货的大车小车，看来繁荣已不必怀疑。

Ethiopia

没有什么标志，外围是密集的棚屋，内里有连排的固定建筑，堆积的商品几乎掩蔽了屋宇，像一个大型露天市场一般，随处都是如山的商品。人声沸扬，车流阻畅，热闹得如入人海如陷物网。我们开始后悔乘车进入，担心被繁忙的交易围困。车子见缝插针，左冲右突，依然寸步难行。车上的货拼命摞，只要不倒继续装；地上的货设法放，只要有空隙尽量堆；手上的货蛮劲搬，只要压不垮一直加。眼前的阵势，处处危险，时时忧心，恍如儿童游戏的积木城，稍微的推挤都可能惊现多米诺骨牌效应，丁点的火星都可能火烧连营。哪怕堆积的货物坠落，砸到人，也难免不伤筋动骨。

　　想下车走走，陪同坚决不答应，车子只是行进困难，行走却有不确定的危险。我问有没有中国商品，陪同说很多，埃塞俄比亚人很喜欢中国商品，价格好质量好，非常适合当地当下的消费水平。我相信他的夸耀，中国制造的价廉物美风靡了西方世界，落后的非洲更容易接纳和喜爱。

　　但辨不清哪些东西来自中国，汹涌的商品已不是令人眼花缭乱，而是排山

希尔顿酒店外景

01 行走的国民

倒海，人行其中，犹如泰山压卵之态。我从未在哪里见过这般气势的批发市场，繁忙、热闹、杂乱又运转得十成九稳，让人担心又让人不得不叹服。

国情不同，民风有异，各有各的招数。

终于突围出来，舒缓口气，回头再看，仍感领略了独特的人文风景。

"我们改革开放初期的市场也没有这般繁荣。"同伴感叹道，"太恐怖了，那么多的商品那么多的人那么多的车子，居然能进得去出得来，外观的乱扰动不了流畅的交易，金钱的魅力所向披靡。"

"关键是规模太大，我甚至怀疑整个埃塞俄比亚的流通商品都在这里汇聚分散。"我的疑惑抛给陪同，他眉眼一挑，笑得狡黠得意。他不正面回答，只说麦卡托市场是首都最大的，是埃塞俄比亚最大的，也是全非洲最大的，然后朝我竖竖大拇指，似乎确认了我的怀疑。

"要是能有秩序点，再规范些就更好了。"另一个同伴的情绪似乎还沉浸在被围堵的慌乱里。

"真要规范了，说不定就萎缩了。"我语带叹息，"市场如同娇贵顽皮的孩子，品性不喜拘束限制，适当的引导尚可，夸奖和鼓励最能让它充满活力。"

几个人议论纷纷，仿佛市场的成长和命运关乎每个人的福利。我已心不在焉，目光随车的行进移情在沿途的景物上。走了数条街道，建筑疏密错落，植被乘机疯狂，不知是城市瓜分了绿野，还是绿野侵略了城市。

不是下班时间，路上却走动着不息的人流，匆匆者少，悠哉者多，不像赶路的样子，倒似闲散的漫游。瞧神态，也是一副无所事事，天塌下来与我何干的超世形象。或有停下说说话的，说罢又走，不慌不忙，也不旁顾。你猜不到他们要去哪里，他们自己恐怕也不知去哪里，就那么自由自在地走，走不到天涯，也不去海角，就在繁华的城市徜徉，走得无拘无束畅心畅意天老地荒。

他们是在自我放松，走掉穷苦的岁月？还是在向自然示威，获取额外的丰硕？自然已很慷慨，需要自己努力。走，真是一种极度另类的态度。

我后来谈起此现象，埃塞俄比亚的朋友说，这里的人满足现在，谈到未来就不耐烦。

真难理解，满足得悠哉游哉，耐烦得怡情怡然。

Ethiopia

在埃塞俄比亚的数天，只要出门，都能看到马路上行走的队伍。我跟同伴们揣测因由，或说游民多，或说无事做，或说交通落后，或说民风淳朴……我叹服的是那种怡和的神态，仿佛佛界的苦行僧，精神得以愉悦，才能走得义无反顾。

有同伴说起名扬世界体育界的埃塞俄比亚长跑，推出那么多的马拉松拨尖选手，该有多么好的群众体育基础。不说特殊的基因，刻苦必是绕不开的捷径。看众人行走的喜好与耐力，奔跑已经简单到适当地提速一下行走，便能耐力持久地水到渠成。坐惯了四个轮子的双腿，比起行走的步频，谁敢同日而语一争高低。

一种普遍的行为，透视了隐伏的国民性。

我们熟悉拥挤的商场，川流的商业街，抑或风景区的狭窄通道，那是聚集人气的必然场所，但谁曾见过冷清的道路边也人流不息。大地听到他们的足音，是否也会莫名得搔首、疑惑得感动？

遗憾没去埃塞俄比亚的乡村，那里人们的生活不曾目睹，但地广人稀的格局，不可能出现城市里行走的人流，或许正因稀疏，城市的行走自然升华成快速的奔走或奔跑，速度是生活的养分，需要激活着人的本能。

他们中的一部分人奔跑进了城市，陌生的繁华安慰了身体，慢下来的行走合拍了城市的生活节奏，寻觅与适应，归附于成功的融入。

国民的行走，总比好吃懒做令人宽心与舒服。

SECTION 02 "非常很好"

去机场接我们的导游只会讲英语，弄得我们措手不及啼笑皆非，好在我们有位英语很棒的同伴，临时解了燃眉之急。导游有个中国名字叫何亚友，显然有拉近与中国游客关系之嫌。喊得多了，似乎感觉出别样的意思，便问他中国名字是不是中国人给他起的，他点头称是，并说很喜欢这个中国名字。我们一致揣测，这个中国名字是英语"你好"的汉字音译，简单明了，也容易印象深刻，或许出于中国游客恶作剧般的玩笑，倒是正中其怀并已朗朗上口。

我们的导游何亚友

Ethiopia

何亚友几乎一句中国话都听不懂，更不会说，作为接待中国人的导游，实在令人不解而纳闷。假如从另一个角度分析，说明中国游客到埃塞俄比亚的还少，需求不旺难免影响对语言的渴望。他说近些年来的中国人越来越多，因为会中国话的人实在太少，这次只能派他陪同。我问想学中国话的人多不多，他说很多，但太难学了，一时半会儿满足不了需要。

　　他自己也想学，他说中国游客好，当了几年导游，越来越喜欢陪同中国游客。我问好在哪里，他诡秘地笑笑，迟疑片刻说中国人好，又是笑。瞧他的神情，能多少猜测他笑态后的掩藏：中国人出手大方。物质的诱惑、渴望与满足，没有多少人愿意抵挡而是顺势趋附。

　　我却担心，风靡中国旅游市场的恶习，会否被逐渐蜂拥的中国游客携带入境，进而异化了尚能淳朴的埃塞俄比亚民风。比如小费，作为西方人的谢意表达，早已蔓延全球，客气的中国礼俗，演化成了隐秘的购物提成，各取所需的满意，旅游的精神满足被疯狂的物欲鼓噪得神魂颠倒。在埃塞俄比亚数天，没有安排一场购物，住宿、饮食、行程设计都尊重客人意愿，尽管服务水平还力

我和翻译阿伯拉

不从心，但态度和笑容足以令人放松。只是这些基本的质朴，还能坚持多久？

前一站的埃及，已经感受了太多的雷同，全球化的脚步，有时候迅速得忽略了美好的差异，感受的一致，会否让人的精神趋向麻木？

当然，埃塞俄比亚有太多的独特，仿佛一块处女地，每一步都有欣喜。何亚友自感语言障碍，特意找了个翻译，有心而为的丁点举措，都是温暖的欣慰。

翻译很漂亮，个头高挑的黑人姑娘。她也爱笑，清澈的眼眸装满客气。她也有个中文名字：阿伯拉。但跟"何亚友"三字比，读起来有点小小别扭。一则姓氏生僻，阿姓不曾听过；二则名字生硬，可怜了姑娘的温良。她的中文也不是十分地道，简单的对话没问题，稍稍复杂便一头雾水，语速稍快便全然变傻。她在北京语言大学刻苦攻读了两年，中文基本过关即回国工作，在首都博

天真的孩子

Ethiopia

莱国际机场谋得一份不错的差事，经常被旅行社借用为中文翻译。她非常享受这份兼差，操练了语言，赚取了外快，增长了见识，愉悦了身心，可谓一举多得。

"你很漂亮。"我脱口道，我懂得赞美是最好的交流语言，能迅速拉近距离。

她的皮肤很黑，看不出脸是否羞红，但眉眼儿流露的是喜色。

"你在北京待了两年，感受应该很深吧？跟你们的首都比，哪个好？"

"北京，非常很好！"她答得干净利落。

但我们都怔愣了片刻。"非常很好！"熟悉的文字，陌生的组合，听来如同外文。她把两个副词叠加使用，意在强调，然而突破了我们的语言习惯，另类得好笑，特别得好玩。我们转而大笑，为她的语言技巧，为她的纯真可爱。她有点莫名，以为自己说到了我们的心坎上，也跟着大笑。我们谁都没有戳穿，也没有校正，特殊的文字游戏，会快乐几天的行程。

非常很好！真的"非常很好！"

几乎每天，我们都会多次使用这几个字，用得得心应手，用得快意开怀。我们附和阿伯拉，无讥笑无轻蔑，纯粹觉得新颖有趣，旅途的每一句调侃，都是精神的润滑剂，何况这是一个非洲姑娘的心声，笑语声中的重复，也是一种噙着眼泪的尊重。

她跟我们相处得"非常很好"。她说北京的故宫长城，北京的美食小吃，北京的广场高楼，北京的车流拥堵，她说得断断续续，如同说自己远离多年的家乡，既熟悉又陌生。她说没去过中国别的地方，她知道中国很多的美丽山河和悠久的民族民俗，她说有点遗憾又留下了念想，她喜欢中国，她一定还会去，她说有朋友的地方，总是有很多牵挂。

我们问她自己的家乡，她不愿多说；我们问她当下的生活，她说非常很好；我们问她对国家领导人的印象，她说刚去逝的梅莱斯总理非常很好；我们问她埃塞俄比亚的发展，她说现在非常很落后，将来会非常很好；我们问她将来的婚姻，她害羞地说已经有了喜欢的人……她很乐观，她说现在非常很好，将来还会更加非常很好。她经常主动问话，她说通过交流学中文效果非常很好，她喜欢中文，中文说起来的感觉非常很好。

被阿伯拉视为豪华的餐厅

晚上，埃塞俄比亚国家工商组织设宴欢迎，阿伯拉说宴会选的地方非常很好，通常是政商要人聚会之地。前去的路上，她"非常很兴奋"，说着那里的豪华和美食，我听出了她话里的渴望，邀请她一起参加。

外观很古朴，在一条偏街上，仿佛国内一些休闲农庄。如果阿伯拉姑娘看到我的这句评价，肯定非常很不满，那里是她的殿堂，是高尚的会所，甚至代表了一个城市的形象。

院落不大，几辆车塞得满满腾腾。一层平房，水泥墙草覆顶，房檐装点民族特色纹饰，墙面黄色格状图案。一棵大树从房顶冒出，伞一样的树冠半遮半掩了房屋，粗大的树干支撑在屋内仿佛立柱。平房对应端坐，两角各置圆形庵棚，移植草原的感觉触手可及。房门边各立几尊雕塑，人物和故事猜不出一二，或许只为装饰。说文雅点是古朴，说真实点就是简陋，搁在中国，这种环境恐怕吸引不到什么高贵的客人。

阿伯拉扯住我要照相，让我联想起第一次走进人民大会堂的激动。她往屋

Ethiopia

在街边交流的当地人

里指指，认真地说，里面非常很漂亮。我随她走进去，一股熏脑的气味直抵脑髓，说不出的味道，也不呛人，但实在难忍。同伴们纷纷逃遁，惊愕得阿伯拉一脸诧异。她立刻明白了因由，不解地对我说："味道非常很好，香，讲究的，高贵的客人都要先这样的。"

我问她屋子里点着的是什么东西，为何这般刺激。她不厌其烦地解说是一种香草，埃塞俄比亚人都极爱的香草，熏过以后没有蚊虫，而且余香悠长。她说到了香草的名字，却翻译不好中文，但那种味道确实不敢恭维。出于礼貌，我坐了很长时间。主人客人都还未到，我们是提前到的一群。我听阿伯拉说香草说习俗说食物，熏得久了反而体味出一股别样的香，不是十分舒服，但已消失了初时的不适应。

地上铺了一层稀疏的青草，长长的细秆，叶如柳，如我们端午节时割回的

第二章 埃塞俄比亚

02 "非常很好"

艾蒿。这显然也是一种礼仪。阿伯拉捡起一棵说，这也是非常很好的，尊贵的客人才放的。问她是什么草，她仍翻不好中文，我也记不住她的埃塞俄比亚语直译。

　　房间面积不大，内墙装饰各色民族图案，周边摆置布质沙发，原木的矮桌矮凳不规则地占据其余空间。桌上堆满各种饮料，服务人员正摆放杯盏。正中的位置，一张矮桌上布满小水杯，旁边一炉火，仿佛要随时烧水沏茶。那应该是主人的座位吧？我更感兴趣的是桌旁一个瓮形的木桶，瓮盖白色的草织尖顶，像微缩的粮仓。抬眼再看，每一木桌旁都放置一个。阿伯拉端了端说，这是盛食物用的，非常很保暖的。

　　一名女服务员手持一把浓烟飞腾的香草在房间挥动，团团浓烟瞬间统治了空间，股股刺鼻的烟味呛阻了呼吸，立时把我逼出房间。阿伯拉笑得前仰后合，边笑边说，非常很香的，你们中国人怎么怕香，非常很香的。谁感觉香谁就闻吧，不是享受的折磨，确实非常很不爽。

　　晚宴开始了，我的同伴仍有不愿进去之意。院里的空气都熏染了那股别扭的香味。数十人围坐低矮的小木桌，食物得去远处的大长桌自取。最有埃塞俄比亚风味的美食是一种薄面卷，阿伯拉给每人取了一卷，动作夸张地推荐说味道非常很好。她自己吃得津津有味，眉眼儿都咀嚼出了喜色。我迟疑不决，看众人第一口之后的反应。我似乎从阿伯拉那里悟得了警惕，她们的喜好未必带给我们惊喜，仅有的经验已证明大多是惊愕。第一个馋嘴的同伴开始龇牙咧嘴，仅咬了一口的薄面卷弃之桌上。他喝了口饮料，连连低声说："怎么这味，酸死了，酸死了。"

　　众人怔愣片刻，惊愕不甘心，不尝不知味呀，纷纷做小白鼠，纷纷龇牙咧嘴，纷纷丢弃桌上。我咬了一口，酸味倒胃，又夹杂了咸、苦、涩，余味里莫名生出丝丝缕缕怪怪的甜。那酸味非常很彻底，浓浓的重重的，像压缩了一般，凝聚了世间酸的精华。

　　面卷柔柔软软的，有浅浅的蜂窝状气泡或凹巢，像山东的烙馍，像北京烤鸭的面馍，像蒸熟的牛百叶，看上去不奇不特，吃一口记忆永久。阿伯拉见众人弃之如毒药，边示范边说："要夹东西，肉，菜，酱，这样卷起来，非常很好吃。"

Ethiopia

教堂钟楼

第二章 埃塞俄比亚

093

02 "非常很好"

瞧她吃得真香真甜，但我的胃翻酸味，我的嘴流酸水。再美的食物，不习惯便不接受，不接受便不喜欢，家乡的味道，永远是最习惯最喜欢的味道。

我问阿伯拉食品的名字。"英吉拉。"她说得清楚，我也记得清楚。然后她加重了语气强调："我们这里非常很好的，传统的，正宗的，都喜欢，招待客人的，非常很高档的。"

再高档，都得合口味，美味吃出痛苦，恐怕没人再愿意追求享受。萝卜白菜的差异，味蕾会找合适的一款做情侣。但我又考验了一下味蕾，皱着眉头学阿伯拉的模样，卷了些肉酱蔬菜，酸味依然，不再浓烈，尽管难合口味，细嚼慢咽也能渐渐适应。我吃了一卷，整整一卷，在同伴中创了纪录。

阿伯拉很高兴，仿佛我皱着眉头强咽的表情验证了她们传统食品的美味和正宗，是一种感情的融入和风俗的认可。

一直到目前落笔成文，我仍然断定：从来没吃过那么味怪的重酸食品，我的味蕾经受的考验，绝对史无前例。

同伴们为了安慰肠胃，特意让何亚友和阿伯拉找一家地道的中餐馆。一说中餐，阿伯拉喜上眉梢，兴奋得仿佛正中下怀。我故意逗她："不是说埃塞俄比亚传统食品英吉拉非常很好吗，中餐也喜欢？"她直言不讳："都非常很好，你们来埃塞俄比亚，我当然要介绍本地好吃的，英吉拉，正宗的非常很好。你们的中国菜，也非常很好，吃不够，我陪你们，解馋。"

她毫不客气，直接提出要跟我们一桌就餐，按旅游界规矩显然不妥，我们当然不忌讳，盛情邀请她同坐。何亚友毕竟是职业导游，刻意推让，被我们生拉硬扯以不在旅行行程为由降服。

中餐馆是一家上海人开的，藏在一条深巷里，汽车进去都很难掉头。两层小楼，像幢独立的别墅。搁在中国，这样偏僻的方位，除非是百年老店抑或所谓的会所，不然绝对开不下去。中国人处事顾脸面，经营讲门面，敞亮、热闹和人气足，哪个酒店饭庄不临街，更得悬挂醒目的大招牌，哪怕金玉其外败絮其中，总算亮了个醒目相。

去国外不少地方，很多中餐馆都藏在小街小巷，即便临大街，好像很多也都小门小户，内里装饰考究，功夫下在了环境舒适和菜肴特色上。当然，口味配料等等无不入乡随俗，落地生根的本能成就了中国美食的异国名声。如今走

到世界各地，都能饱餐到既地道又糅合了当地口味的中餐，中国人的味蕾越来越有福。比如埃塞俄比亚的首都，几天里我们去了好几家中餐馆，淮扬菜、粤菜、川菜、潮菜……东西南北味，味味可口，味味亲。

阿伯拉跑进跑出，要菜单，续茶水，监督宰鸡杀鱼，她非常很谙熟中国人去餐馆吃饭的程序和不放心。她大喘着气说："我看着鸡杀的，杀鱼也是，都是活的，放心。"我赞她太熟悉中国的生活习俗，她说中国的生活非常很好，中国菜也非常很好，吃不够的。她已经不再客气，毫无中国姑娘的矜持，每样菜都吃得痛快，筷子也使唤得风生水起。何亚友拘谨得多，我怀疑他是吃不惯中餐，使筷子更是笑话。他说接待的中国客人多，经常可以吃到中餐，喜欢。看他选择性地吃菜，显然言不由衷，纯粹是礼貌性的客气。

有两样菜剩了不少，阿伯拉叫服务员拿了两个饭盒，她要打包。她说别浪费了，非常很好的菜，家里人也喜欢中国菜的。她的直言不讳，她的爽朗干脆，折射了我们的浪费习惯，也暴露了她已不是第一次打包回家。

后来的一次，我们吃到中间时多点了一道菜，大家基本没动筷，让她完好地打包回了家。她喜欢中国菜，影响了她的家人，感动了我们的自尊，尽管做得微不足道，心里翻涌起自豪的满足。

阿伯拉，一位可爱真诚热情的黑人姑娘，真的非常很好。

SECTION 03 一个人的离去

亚的斯亚贝巴的主要街道和建筑物上，都悬挂着一个人的巨幅头像，那是刚刚病逝不久的埃塞俄比亚政府总理梅莱斯。几乎每一个路灯支柱上都有，几乎每一个地标建筑上都有，那不仅是一种纪念，还是一种深深的敬意。

埃塞俄比亚人发自内心地敬重梅莱斯，他的突然病逝不说是埃塞俄比亚的巨大损失，起码影响了该国的发展进程。

阿伯拉说起梅莱斯，一脸的尊敬，连说他非常很好，埃塞俄比亚人非常很喜欢他。

他病逝时才57岁，按中国人的说法，正是年富力强时，却英年早逝。他在埃塞俄比亚实际执政21年，1991年至1995年任过渡政府总统，1995年大选后成为首任总理，之后连续两次竞选连任。再往前续，他大学二年级时弃医从军，领导游击队武装对抗当时的独裁者门格斯图，并于1991年将其推翻。美国总统奥巴马称他的逝世是埃塞俄比亚"过早的损失"，英国首相卡梅伦称他是"令人振奋的非洲发言人"，以色列总理内塔尼亚胡称他是"真朋友"，欧盟主席巴罗佐称他为"受尊敬的非洲领导人"，联合国秘书长潘基文称他将因"杰出领导才能"和"在非洲内外支持非洲事务"以及对"经济增长和发展"的贡献留在人们记忆中，非盟更称他的逝世"使非洲失去最了不起的儿子之一"。我们到的前一天，埃塞俄比亚政府为他举行了国葬，这是该国80多年来首次为领导人举行国葬。世界上20多个国家的元首参加了他的葬礼。

他在位期间，埃塞俄比亚成为撒哈拉沙漠以南非洲区域经济增长最快的非

Ethiopia

非洲联盟总部

第二章 埃塞俄比亚

石油出口国，经济连续多年保持在9%以上的增长速度。他的一生经历了帝王君主制和旧制度，他执政后实施新制度，将埃塞俄比亚带进了新时代。

在埃塞俄比亚几天，时时处处都能感受到人们对梅莱斯的敬意，埃塞俄比亚人怀念他，担心他的离去会影响国家的政局。他把埃塞俄比亚带向了民主，也带向了稳定。他把埃塞俄比亚带向了发展，他提高了埃塞俄比亚的国际地位和影响力，与周边国家的关系也渐渐趋向稳固和发展。

一个人的离去，对一个国家是损失，可见他的影响和重要。

我们特地去参观了非洲联盟总部。不仅因为它是中国政府无偿援建，有一份莫名的感情暗涌，也缘于其中倾注了非洲人的情感与渴望，梅莱斯生前致力的中非友好，显耀地镌刻在了那幢雄伟的建筑上。

车子好像在向郊区行驶，城边的道路宽阔平坦，新兴的风貌别开生面，正如埃塞俄比亚的经济和社会发展，驶入了快车道，越走越畅怀。空旷和崭新，美观与舒畅，视野里穿梭着希望，希望里跃动着收获。

很远便看到了那幢高楼，银灰的墙柱，海蓝的玻璃，20层，巍峨耸立。搁

03 一个人的离去

在中国，此等规模的建筑举目即遇，但在埃塞俄比亚，却占了首都的鳌头。最高建筑，体积也首屈一指，漂亮更不必说。总投资2亿美金，全部资金来自中国政府，包括装修。除了沙子和水泥，其余几乎所有建筑材料都运自中国，大理石、木头、玻璃，甚至连熟练的建筑工人也大都来自中国。

整体建筑群呈U字形布局，寓意中非人民合手相握，携手托起非洲未来。正中端坐圆形会议厅，象征非洲的团结，内置一个2550个座位的大会议厅，一个681个座位的中型会议厅，还有多功能厅、紧急医疗中心、数字图书馆等。南北两侧分立办公楼，南部为主席办公和会议服务区，北侧为普通办公区。北侧的普通办公楼高99.9米，预示1999年9月9日的"非盟日"。诸多匠心，凝聚了中国人建设的精心和设计的寓意。

建设期间，梅莱斯赶到繁忙的工地视察，对中方人员的勤劳认真和工程的进度质量都赞不绝口，连说干得漂亮，非常出色。

正如阿伯拉说的，中国人非常很好，帮助非洲人非常很好。她拉住我们合影留念，亲切得如一家人；她说这座建筑是埃塞俄比亚人的骄傲，更是中国人的骄傲。

如今，非盟总部大楼已无可争辩地成为埃塞俄比亚首都的标志性建筑，它的显著和重要，又理所当然地成为城市地标。

直到要离开埃塞俄比亚那天，我才了解地标和标志对亚的斯亚贝巴人的独特重要性。原来，亚的斯亚贝巴是世界上唯一没有门牌号码的首都。不仅如此，许多城市街道也没有命名。生活在此的人们，只能利用带有地标性的物体确定方位辨明方向。天下之大，无奇不有，无门牌无路名，全凭灵动的眼睛和聪颖的大脑无拘无束地生活，真佩服埃塞俄比亚人的独到韧性。

日常生活里，我的身边大有不识方向和方位的可爱之人，出门逛一趟街，可能就会迷失回家的路。甚至有天天驾车上班的活宝，每次外出只能沿上下班的熟路来回，一旦拐上第三条路便成了无头苍蝇，四处流浪不知家在何方。中国各城市皆是路名清晰、路标明确，假如生活在埃塞俄比亚，恐怕每天都要发布寻人启示呢。

我曾问阿伯拉，会不会经常有人迷失方向找不到回家的路。她惊奇得睁大了两眼反问："会吗？怎么可能？那么多的建筑和街道都不一样的，流浪汉也

慈祥的老人

不会迷失回家的路。"

是呀，假如你上班或居住在非盟总部大厦附近，远远地看到这座雄姿威风的楼宇，谁会迷失掉方向和家园呢？它已不再是一座单纯的建筑，而是指路灯导航仪，是你的方向，你的目标，你的归宿地。

不难断定，非盟总部大厦的落成使用，也在一定意义上标明，非洲已经找到并明确了自身的方向和定位。作为今日世界上重要的政治实体，非盟的气魄不亚于欧洲联盟，它囊括了53个成员国，致力于发展及巩固非洲的民主、人权以及可持续发展的经济，减少非洲内部的武装战乱并创造一个有效的共同市场，实现非洲经济一体化和非洲的发展与复兴。非盟未来计划统一使用货币，联合防御力量，成立跨国家的机关，最终建立一个阿非利加合众国。

埃塞俄比亚自身即是个联邦制国家，九个民族自治州，宪法明确规定各民族享有民族自决和分离权。1993年，当时的厄立特里亚州宣布独立，致使埃塞俄比亚一夜之间失去红海沿岸成为纯粹的内陆国家。

梅莱斯执政数年，以发展经济为重点，对内注重协调稳定、发展和民族团结三者关系，促进政治与社会和谐，对外关系也是以服务国内经济发展为目标，让埃塞俄比亚保持了连年的经济繁荣和社会稳定。或许很多人还记得，20世纪80年代，埃塞俄比亚曾出现震惊世界的大饥荒，全球明星参与慈善义演，救济灾民。梅莱斯执政后，埃塞俄比亚人口迅速回升，人口增长速度列世界第五，儿童死亡率下降40%，营养不良率也下降三分之一。人的生存尊严，在新世纪里越来越得到提升。

稳定、繁荣、自由、幸福，是全人类的追求，非洲丰沃的自然资源为此提供了基础，繁荣和幸福就在稳定和自由的前方翘首。作为非洲曾经最贫穷落后的国度，埃塞俄比亚数年的经济快跑冲开了非洲崛起前的裂缝，犹如核裂变，哪怕如病菌呢，传染也是一种改变。

从繁华的批发市场，从不息的城市车流，从匆匆的行人脚步，来感受和触摸这个国家，仿佛兴旺拂动在四面八方，脱去渍染了压抑无助的外衣，抖擞一身奋发的精神，闪耀的人性曙光，照亮了光明的前程。

这天举行中埃经贸洽谈会，我没想到来了那么多的企业家和商人，也没想到埃塞俄比亚人对中国商品那么感兴趣。主办方既高兴又难堪，高兴人潮涌动，难堪准备的场地太狭小。没有了桌椅，埃塞俄比亚商人站着交流，也不愿失去难得的与中国商人互换信息的机会。他们穿梭在人流里，但见中国人就掏出名片，拉过翻译寻问商品和市场价格，一旦感兴趣便欣喜不已，透露积极的合作意向。我们一家企业的洽谈桌前往往一次围坐一圈埃塞俄比亚人，谈完一个次第接续。

一位浙江商人在埃塞俄比亚首都搞了个东方开发区，重点吸引中国企业落地生产，发展势头喜人。我向他们了解在埃塞俄比亚投资的优势，他们如数家

珍口若悬河，将埃塞俄比亚现状比作中国改革开放初期，机会多，政策活，市场大，成本低。埃塞俄比亚实行自由市场经济，政府干预少支持多，社会和谐稳定，是几十年来最好的时期；经济发展、市场开放、收入增加提高了人民的购买力，而劳动力成本相对低廉，埃塞俄比亚人又淳朴诚实，用工环境宽松。

教堂墙体雕塑

更重要的是，中国大量中低端产品尤其适合埃塞俄比亚人的消费水平，物美价廉的优势所向披靡。

埃塞俄比亚的投资优势应该还有很多，当然伴随着风险。我曾问阿伯拉，埃塞俄比亚人是不是很懒？不然街道边绿地上那么多闲坐乱逛的人。阿伯拉当然矢口否认，她说埃塞俄比亚人勤快又聪明，只是缺少工作机会文化又低，他们才四处闲游。然后她提醒说，你们发现没有，那些闲逛的人大部分是年轻人，讨饭要钱的是年轻妇女，如果工作机会多了，谁会在街上闲得没事。

"他们是市民还是农民？"我追问。

"有市民有农民，农民占多数。"阿伯拉直言快语，"像你们中国，不是有非常很多的农民进城打工吗？我们这里也一样。年轻农民不愿意被绑在土地里，跑到城里找工作养家糊口，虽然这些年经济发展非常很快，但进城的人多，工作很难找的，满足不了。"

"政府有没有遣送他们回去？"一个同伴问，"农民就应该回去种地的嘛！"

"怎么能这样说？"阿伯拉像被羞辱了一般激动，"他们是自由的，人都是自由的，自己的国家，到首都来工作，怎么能赶回去？政府不能不讲理的，这样做是违法的，非常很不好的。"

我们集体失声哑口无言。习惯性的思维缘于习惯了的环境、文化、国情、体制等诸多不同，显而易见会产生不同的理念，进而导致迥然的行动和结果。当然我们也正从惯性里摆脱，破碎习惯便是进步，哪怕缓慢，也比原地踏步抑或倒退文明。

"中国人非常很好，开办的工厂用埃塞俄比亚人做工，还要很多很多的。"阿伯拉语气隐含赞叹，想缓和刚才的激动。她的赞叹我能体会到由衷的感情，中国人只要帮助别人都是掏心掏肺的。比如那幢规模宏伟的非盟总部大楼，用工最多时达到1500余人，当然大部分是埃塞俄比亚工人，并且中方采取中国工人一比一带当地工人的方式培训了大量埃塞俄比亚本地建筑工人，工程未完工，他们已成为熟练工人。梅莱斯也曾说过，在亚的斯亚贝巴，大凡漂亮的公路都是中国公司帮助修建的。

"所以你们的政府非常很务实，不遗余力与中国发展亲密关系并注重借鉴

中国的发展模式。"我的同伴语带友好，但仍有居高临下的得意自豪。

"非常很好的东西，我们都要学习。"阿伯拉真诚恳切，不偏不倚，"我们埃塞俄比亚跟中国建交后，每一任领导人都去中国访问；我们的梅莱斯总理更重视中国，他称中国是非洲的亲密伙伴，希望更多的中国企业到埃塞俄比亚投资；你们来旅行，我们一样高兴和欢迎。"

"是欢迎钱吧？"同伴戏谑道。

"你会拒绝吗？"阿伯拉直截了当直言不讳，"反正我们埃塞俄比亚非常很需要，欢迎你们把钱带到埃塞俄比亚来，投资消费都可以，当然也欢

亚的斯亚贝巴圣三一教堂

典型的巴洛克风格建筑

满堂肃穆

迎人。"

　　谈兴正浓，车子停在了圣父圣母圣灵圣三一教堂前，众人顿时收敛情绪，矜肃地走进。繁茂的林木屏围着苍颜斑驳的教堂，林间绿丛间布列一座座墓碑，岁月的屐痕映满鳞苔。一座典型的巴洛克风格欧式建筑，宽大坚实的石基，拱起石质的庄严身躯，圆形的穹顶，淡黄的墙壁，瘦高的窗棂，精美的雕塑，敦实而庄重，精致而威雄，内里的结构、布局、雕塑、壁画、修饰更突显绝美艺术。

　　我们脱鞋整冠，静心进入。红地毯，木座椅，白立柱，彩画墙，满堂肃穆，仿佛有神灵窃窃交谈。阿伯拉低声说，这里曾是埃塞俄比亚最大的东正教堂，也有说历史上埃塞俄比亚著名的孟尼里克皇帝曾将这里做过皇宫，后来成为皇室墓庐。她带我们走进最深处，一间不大的房舍，停放着黑色花岗岩石棺，那里安睡着埃塞俄比亚最后一位皇帝海尔·塞拉西及皇后。阿伯拉说，埃塞俄比亚人也非常很尊重他，他倡导组成非洲统一组织也就是现在的非洲联

Ethiopia

盟，他对中国也非常很友好，去过中国访问，埃中就是他在位时建交的。

对人的尊重也是对历史的尊重，一个民族的发展，需要基本的尊重。

教堂侧面的一块林地，正紧锣密鼓地施工，四周围观着许多民众。阿伯拉郑重地说，那里是前总理梅莱斯的墓地，他将永远安眠在那里，接受埃塞俄比亚人的敬慕和纪念。

两幅巨大的梅莱斯全身像悬挂在圣三一教堂正方高墙上，目光温和地注视前方，脚步轻灵，像要走下来继续他的事业。许多人走过这里都要驻足，与他对视一时，像要推心交流。

他躺下的地方，每天都会有人前来祈祷，他能听到，他也会保佑。

纪念和敬意

纪念的洁白菊花

SECTION 04 俯瞰盛世

说起非洲，人们印象深刻的恐怕是贫穷落后、野生动物、黑色人种和殖民统治，尤其殖民统治几乎覆盖了整个非洲大陆，但令人惊奇的是埃塞俄比亚是个例外，除了在第二次世界大战时被意大利侵占过几年，埃塞俄比亚一直保持自身古老的君主制度，直到1974年一次军事流血政变后改奉社会主义，1991年又奉行市场经济的资本主义。

埃塞俄比亚的独立在非洲似乎有点另类，独特得不可思议，仿佛真实的虚构。

但它的贫穷落后却不是虚构的真实。时至今日，埃塞俄比亚的一些边远族群部落，仍是世界最贫穷的区域。何亚友和阿伯拉不讳言埃塞俄比亚的落后现实，一直说我们的时间太短，不然应该去南部走一走看一看。

我问他们南部的落后体现在哪儿。阿伯拉快人快语："南部一些部落的人现在仍以赤裸为美，以文身为美，以夸张的饰物为美，生活方式几乎没有脱离原始状态。"然后她问："知道大盘子嘴巴女人吗？"她的问题倒是让我记忆起曾经看过的图片，于是我点头。她接着说："大盘子嘴巴就是南方那边的穆尔西人。"我说那是一种野蛮的美，是愚昧，是对女性的伤害。她说现在越来越少了，好多女孩不再割嘴唇撑出圆盘，但割耳垂的依然如故。我说那些姑娘原本都很漂亮，割唇撑那么大的圆盘反而难看无比。她很自豪地说："埃塞俄比亚姑娘的漂亮在非洲是有目共睹的，身材高挑壮实，脸庞轮廓精致，皮肤细腻柔美……"没说完她自己先笑了。

Ethiopia

于是我说："看到你就知道了，如果要我形容，则是明眸深邃、鼻梁秀挺、唇线性感、肤色柔滑，全身洋溢着健康和朝气，堪称综合了亚非欧人的优点。"

她得意而羞涩，并挑逗说："你们去南方，看那里美丽的姑娘把身体直接裸露给你们，你们更会觉得美。"

"去的人多了，难道一点改变都没有吗？面对一身盛装的异族人，她们不觉得害羞吗？文明的抵进，改变不了贫穷，起码可以解除愚昧。政府没有引导他们摆脱愚昧落后吗？"疑问接二连三。

"大自然会害羞吗？"阿伯拉机巧地反问，"那里是最后的非洲，是人类原始的宝贵遗存，是纯洁无邪的处女地，是古朴本真的伊甸园。改变，很多时候是破坏是摧毁，差异和独特应该是文明的最初形态。她们本来生活得安宁自在，不知道外面有埃塞俄比亚，也不知什么非洲，更不晓得还有世界，她们是人类祖先在埃塞俄比亚家园的最后坚守者。"

坚守往往承受诱惑的煎熬，没有干扰的自然而然才是人类的活化石。我没再回应阿伯拉，沉静的思考或许更能激活灵感。埃塞俄比亚是迄今为止能够通

埃塞俄比亚国家博物馆

过考古证实的人类起源地，几百万年的人类史，埃塞俄比亚的许多角落一直延续原始的生活，自然的进化与刻意的坚守，恐怕都没有遵循人的意志。现代文明的薰风早已吹遍全球，处于非洲屋脊和水塔的埃塞俄比亚边远部落，却只是感到了轻微的树叶拂动，我不知所谓文明人的强势进入，带去的是惊喜还是惊恐。正如中国西部偏远的村寨，猎奇的脚步踏碎了久远的宁静，也腐蚀了清纯的心灵。

我们去看埃塞俄比亚国家博物馆，去触摸埃塞俄比亚历史的脉搏，聆听人文的心跳。

简陋得可怜，可怜得遗憾。拥有悠久历史的埃塞俄比亚，国家级的博物馆如此陈旧破落，寒古人的心，丢今人的脸。外观看去三层楼，半地下还有一层，整体规模不大，墙体已被风雨摧残得苔痕斑驳，石质铁质的古旧遗物散放露天里任凭风吹日晒。粗朴的石板路，方块的草坪，零落的树木点缀些许盎然。

进门就是展品，沿墙沿立柱排列，有序中显出随意和凌乱。民族生活服饰用具占据大部分空间，少量陶器青铜器，数尊石像，几件刻有古怪文字的石碑，半地下层展列古人类考古发掘化石，镇馆之宝露西（Lucy）的还原骨骼罩在玻璃柜中，不远处笛吉卡女婴乳胶复原头像揭露了古人类的模样。

不讳言，我是进到埃塞俄比亚国家博物馆后才知道最古老的人类露西，一个二十出头的年轻女子，生活在距今320万年前的人类之母。阿伯拉介绍以后，我站在玻璃柜前注视良久，油然对埃塞俄比亚这方土地肃然起敬。探究人类的起源，埃塞俄比亚的地位谁也绕不过去。这具在1974年被美国人类学家发掘于埃塞俄比亚的阿法尔凹地的人类祖先，已被公认为第一个直立行走的人类，可惜在此展出的是一具复制品，原件存放在美国休斯敦自然科学博物馆。

露西，让我们记住她，迄今为止知道的人类最早的祖先。

露西，一个多么美丽的名字，一个多么母性的名字。

露西之后很久很久，埃塞俄比亚才有了国家雏形，最早是公元前8世纪的努比亚王国，其后在公元前后形成强盛的阿克苏姆王国，历经千余年。13世纪时阿克西尼亚王国兴起，1889年孟尼利克二世称帝，建都亚的斯亚贝巴，奠定了现代埃塞俄比亚疆域。

Ethiopia

埃塞俄比亚人对英雄都塑像纪念

　　博物馆里展出许多孟尼利克二世时的文物，阿伯拉介绍这位国王时面带自豪与尊敬，称他是埃塞俄比亚的民族英雄。正是这位国王，率领埃塞俄比亚人民抗击了意大利人的殖民入侵，一场永载埃塞俄比亚史册的阿杜瓦战役，大败意军并迫使其承认埃塞俄比亚独立，让埃塞俄比亚荣耀为非洲唯一未被殖民的国家。

　　阿伯拉指着一幅画像："他就是孟尼利克二世，一位可亲可敬的老人。"

　　好像走过一个广场时，有一尊孟尼利克二世的塑像，跃马扬威，彰显无畏的英雄气概。"那个广场就叫孟尼利克二世广场。"阿伯拉依旧语带敬意，"埃塞俄比亚人对自己的民族英雄都会塑像纪念，今天的一个路口也有一尊雕塑，那是爱国主教彼得罗斯，他不愿屈服于意大利的第二次入侵，慷慨赴死，成为埃塞俄比亚人抗击外敌入侵的又一尊严象征。我们还在城市的主要街区塑立了战胜意大利人侵纪念碑和被杀害民众纪念碑。当年，孟尼利克二世为纪念阿杜瓦战役的胜利，下令兴建了圣乔治大教堂，历经数十年完工，成为首都地标建筑。"

　　如今埃塞俄比亚人近半信奉东正教，另外相当部分信奉伊斯兰教，其余的信奉新教和原始宗教。但基督教曾在埃塞俄比亚占据重要地位，有过辉煌时

圣乔治教堂

期。历史上的阿克苏姆王朝，基督传统传承千余年，甚至传说《圣经》里记载的上帝给予摩西十诫法碑的柜子就曾藏匿于当时的国都，以至历史上的阿克苏姆古城成了基督的圣地。而在北部阿姆哈拉州的拉利贝拉，至今留存着独一无二的号称世界第八大奇迹的一批石头教堂。

与其说这是从岩石上开凿出的教堂，不如说是精雕细琢的巨大艺术作品。深陷于石坑中的教堂，不用寸砖片瓦，而是完全在地表坚硬的岩石下整体雕凿，四五层楼高的宏大躯体，犹如神造的奇迹。由于地处偏远，至今完好保留了11座岩石教堂，掩映在橄榄树木里，辉耀古老的神秘，其中尤以雕凿成十字架形的圣乔治教堂最具代表性。各教堂以地下通道相连，穿行其间，如梦幻神游，有隔世之感。如果从地表注目教堂，必须俯视才能全览，完全颠覆了教堂需要仰视的习惯和观念。俯瞰，全貌，更亲近，阵阵温馨的威慑穿透躯体直抵灵魂。

"你们真应该去看看。"阿伯拉每次提及都要说这句话，然后再强调，"太值得看了，它不仅是埃塞俄比亚，也是人类宗教与建筑的独特遗存。"

Ethiopia

"那么偏远的地方,安全吗?路好走吗?"又是担心和疑问。

"安全不安全都是相对的,目前的埃塞俄比亚是安全的,尽管地处北方山区,当然最好不要单独旅行。交通吗?早前不方便,现在修了漂亮的公路,而且一路自然风光和民俗风情,不会像你们中国人喜欢说的,不去遗憾终生,去了终生遗憾。不止这些,时间宽裕的话,还应该去古城贡德尔,去塔纳湖观鸟,去湖里的岛上感受古老的修道院,东非大裂谷的自然风貌更是奇崛,森林、瀑布、温泉,每一处景观都让人惊喜刺激流连忘返。"

"听你的介绍已经让我们惊喜刺激了。"我想象着阿伯拉的描绘,神游在古朴的山野,脚已踏在圣乔治教堂的台阶。

教堂位处一块高地的顶端,齐整的条石垒筑,八角形结构,圆穹顶高耸正中。石条本色的墙体,稳重柔和,配饰优美的造型,视觉异常舒服。旁边树丛一座苍颜的钟楼,悬吊着全埃塞俄比亚最大的铁钟。虽近在咫尺,钟楼明显苍古,身边的雕塑披满厚厚的苔藓,仿佛不是人间的陈迹。

外观的朴素隐蔽了内里的豪侈,好像很多宗教场所都是这样的品质。刚踏

宗教场所

攀山的人

恩陀陀山孟尼利克二世皇宫

112

彩色非洲 非洲四大古国穿越之旅

Ethiopia

进大门，便被华美的地毯、富丽的墙饰、精致的壁画、五彩的吊灯吸引到震撼，如皇家宫殿，显赫辉煌。精神的流放地，被物质笼罩得锦天绣地，信仰舒坦得是否还能持恒？享受还是抚慰？诱引还是熏染？虔诚的皈依被表象的物欲修饰得魂不附体。

我却一直在怀疑，笃信基督的孟尼利克二世兴建圣乔治大教堂时会如此奢华吗？历史的本来面目是否被虚荣的现代人绑架后造假？我把问题抛给阿伯拉，她沉思不语，后来撂一句："从教堂外观的精致看，兴建时是用心良苦的。"

不错，圣乔治大教堂建在一处高岗上，选址即很讲究，自身的俯瞰人世和信众的仰望教堂，都凸显了宗教信仰的崇高庄严。然而，信仰的纯净与物质的奢华即便不是矛盾也不可能志同道合。亚的斯亚贝巴初建之时，朴素简陋应该是基本形态，条件所限，即使神在高位，也更多地体现为一种虔诚的精神敬仰。

我们驱车攀爬亚的斯亚贝巴城边的恩陀陀山，山顶上保留着都城的建造者孟尼利克二世及皇后泰图的皇宫。盘山路蜿蜒曲折，平坦的黑色柏油路旋绕攀升，连片的巨大树墩遍布路途两侧的山坡，砍伐与重生，上演着此消彼长的壮烈和繁盛，生态的更迭从来都在模仿人类的发展。

山顶最高处也是一座教堂，名曰圣玛丽教堂，六角形结构，条石垒砌，蓝柱环廊。主殿旁边的一栋石屋里，列展大量孟尼利克二世及皇后泰图当年的珍存和用品，一段辉煌历史凝固成一室古董。

几栋皇宫建筑布局在教堂旁边，土墙草顶，矮小拙朴，简陋得可怜，乍看去像散居的村舍，甚至都没有普通的村舍讲究。每个房间几乎都空荡荡的，少许的陈设犹如农家日常的生产生活用品，很难想象当年的皇室生活简单得过于朴素。恐怕大部分参观的人都不会当成皇宫，我甚至怀疑应该是当年皇室偶尔休闲的山庄，而且房屋和陈设恐怕也是后来的仿造。

我把疑问丢给阿伯拉，她十分肯定地说全是旧物，那个时代的建筑风格和质量，不可能用现代的标准衡量。泰图皇后看中了恩陀陀山，筑屋定居，然后允许贵族们也在附近建房，才有了城市的雏形。因为漫山遍野满目鲜花，皇后将城市命名为"亚的斯亚贝巴"，这是埃塞俄比亚的官方语言阿姆哈拉语，本

草房皇宫

俯瞰的视野有点模糊

　　意为新鲜的花朵。1887年，孟尼利克二世迁都于此，成就了亚的斯亚贝巴百余年的繁荣。

　　尽管阿伯拉用心解释，我依旧认为恩陀陀山上的建筑不应是正规的皇宫，规模和结构最多称得上行宫。城市的主体在山下，皇宫也应该在山下，正如亚

Ethiopia

的斯亚贝巴大学的主要古建筑是埃塞俄比亚末代皇帝海尔·塞拉西赠送的宫殿，他的叔公孟尼利克二世的皇宫不可能简陋成土墙的草房。孟尼利克二世兴建了敦实壮观的圣乔治大教堂，他的皇宫岂能逊色于教堂？或许，末代皇帝的宫殿，就是他父辈建造的传世作品。

但毕竟，恩陀陀山上的这几幢泥墙草房一直被称为皇宫，埃塞俄比亚历史上最伟大最有成就的统治者，现代埃塞俄比亚的缔造者，埃塞俄比亚第一次抗意战争的组织者和领导者，被埃塞俄比亚人视为民族英雄的皇帝孟尼利克二世和他的皇后泰图居住的皇宫。

风雨依旧会经年侵蚀那几幢草房，但草房的年龄再苍老，它的容颜都会时常焕然一新。

屹立的草房，能让看重它的人陡生自豪。

古迹一旦沉淀成文化，便是无价的精神财富。

我们在草房皇宫前站了很久。山上草木葳蕤，树郁林深，俯瞰下方，亚的斯亚贝巴城尽收眼底。当年，孟尼利克二世跟他的泰图皇后也是这样静静俯瞰都城的吗？经世繁华，都在眼下，仿佛一步之跨即能融进去，但身临其境的热闹，还是不如一窥全貌过瘾，普通与高贵，气势与气魄，仅仅是角度与高度的区分。

埃塞俄比亚，这个国名是"晒黑了的脸孔"的国家，这个有13个月年历的国家，这个历史上唯一没有被欧洲征服的自由独立的非洲国家，这个世界上唯一的首都城市没有门牌号码的国家，这个在《圣经》里被45次提到曾作为非洲大陆代名词的国家，这个发掘出人类最早祖先露西的国家，这个被称为"咖啡故乡""非洲屋脊""非洲水塔"的国家，还有多少奇特和秘密？我的双脚太慢双眼太浅，走到看到的太少太少，许多神秘还在焦急等待。

亚的斯亚贝巴上空好像有一层淡淡的薄雾，俯瞰的视野有点模糊，我们乘车下山，走进喧嚣的模糊里。

盛世，每个人都曾经在梦里俯瞰。

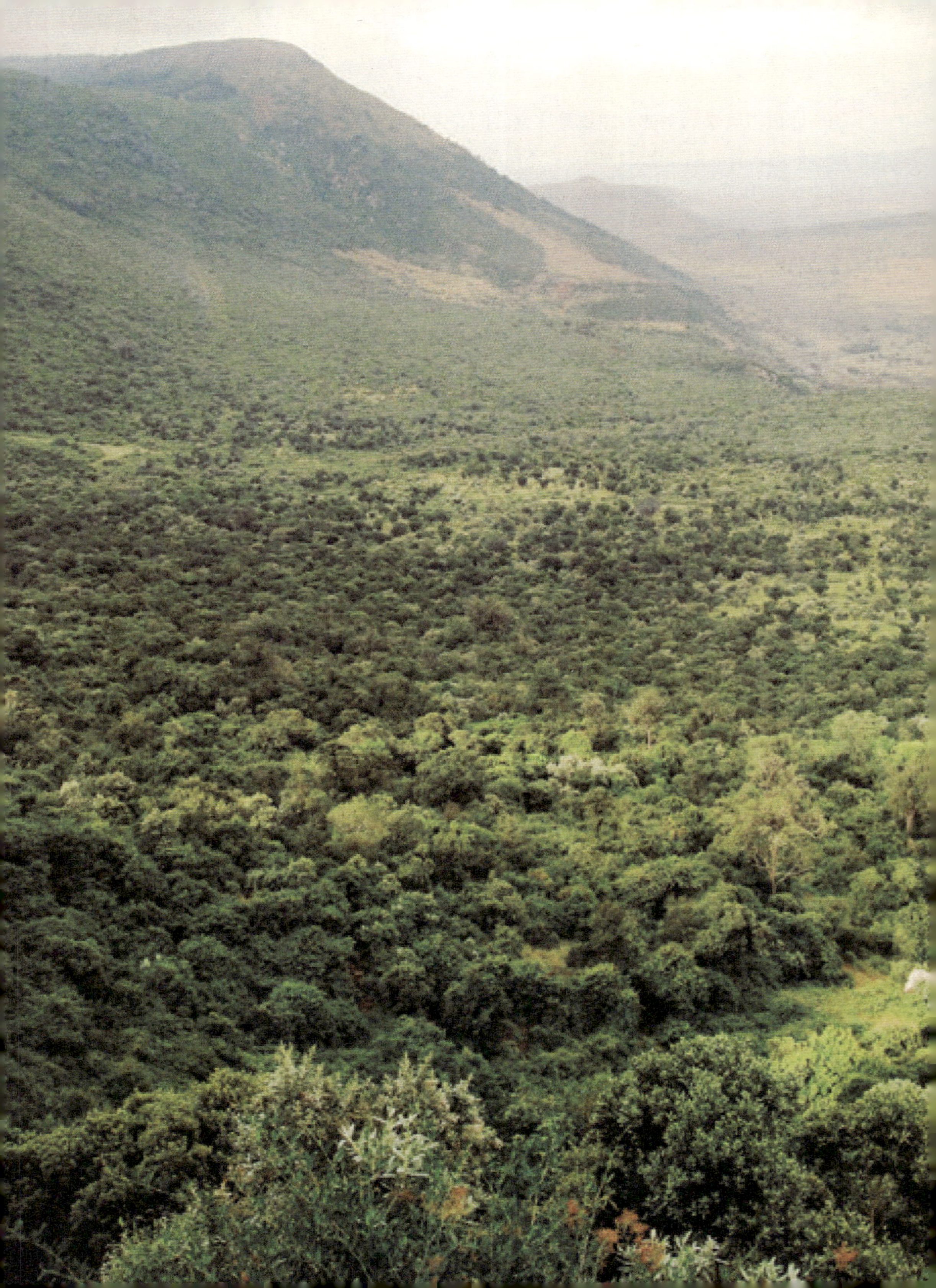

第三章

肯尼亚

动感的金色

SECTION 01 平坦大裂谷

从亚的斯亚贝巴飞往内罗毕的飞机上，我一直透过舷窗俯瞰着苍茫大地。我在寻找东非大裂谷的雄姿。

想不到肯尼亚航空的国际航班选用了小型飞机，一排四个座位，通道也很狭窄。我有幸坐在最前排靠左的舷窗边，飞机刚一滑行我就把相机拎出，真担心每一个瞬间都会滑过精彩的美景。除了我们几个中国人，机舱里清一色的黑人朋友，孩子近半，叽叽喳喳的，哭声闹声，大人的吆喝声，然后大张旗鼓地吃零食，片刻间，通道杂乱狼藉。漂亮的肯尼亚空姐不气不恼不管不问也不收拾，任凭机舱被糟塌得乌烟瘴气。机舱内目不忍睹，窗外景色润心养目，正好给了我脸贴舷窗痴情不移的借口。

飞机飞得并不高，一层薄雾影绰着大地容貌。村镇点点，稀疏错落，草地和山林疯狂着气势，把人类的足迹掩蔽得零散孤寂。地势几无起伏，辽阔的平坦肥沃了一方水土，渐渐连绵起苍秀的山地，并不突兀险峻，波谷般峰峦叠翠，人烟好像被汹涌的绿意吞没，满目尽是大自然的旺盛。我努力搜寻大裂谷的痕迹，但总是失望在舒缓得近乎平原丘陵的地势，令无数人惊异神往的美丽大地伤痕，怎么会这般平淡无奇？

非洲大裂谷，一定就在我的脚下，我高高的视角，提供了俯瞰的最佳空间和距离。从北而南，一致的方向，或许曾有穿越，在空中横跨，哪怕瞬间越过，也该有地貌迥然的移换，不说震撼，些微的刺激也不枉我一场痴呆。

地球的伤痕，大自然自我撕裂的杰作，概念的神异迷惑了多少猎奇探寻的

Kenya

目光。我相信裂谷里有万丈深渊悬崖陡壁，也不排除阴森恐怖的幽谷绝涧，但不要忽略了它的规模气势。"地球的伤疤"，世界上哪个地方的大峡谷能享用如此气魄的名号？有资料显示，它的最宽处有200余公里，如此宽广的心胸，也只有地球自己才能豪放地展露。

所以，走进裂谷，不仅可以欣赏断崖涧谷，还能看到平原和高山，珠串似的湖泊，烽火台似的火山，共同造就了千姿百态的地貌，孕育了丰盈多彩的植被。裂谷提供的既有神奇和震撼，也有人类家园的富饶和温暖。

终于，我看到了一片片湛蓝，阔大的、狭长的、珍珠般的湖泊。虽然云雾模糊了姿容，但丰饶的轮廓依旧养眼。不是一个，数个，往南再往南，蓄存在山地间，盈漾在绿野里。它是阿比亚塔湖吗？抑或沙拉湖、阿瓦萨湖？再往南，该是阿巴亚湖了吧，还有查莫湖、乔乌湖呢！那个更狭更长的，该不会真的就是图尔卡纳湖吧？已经到了肯尼亚的上空了，裂谷还在延续。

多少湖呀！也难怪，既然是裂谷，沉陷后的积存，水是不会礼让的。翻开地图，看一看大裂谷的走向，从北而南，死海、约旦谷地、红海，然后撕裂非

第一眼的羚羊

01 平坦大裂谷

珍珠般的湖泊

洲大陆，形成两条裂痕。东边的从埃塞俄比亚到坦桑尼亚，西边的从苏丹南到莫桑比克。西边裂谷中的连串湖泊比东边的更多更密更长更深，白尼罗河、艾尔博特湖、爱德华湖、基伍湖、坦噶尼喀湖、马拉维湖，如果算上星罗棋布的小湖，不下30多个，而且狭长和深度都堪称一绝，比如坦噶尼喀湖，南北长度几近680公里，毫无悬念地位居全世界最狭长湖泊，其最深处1470米，成为仅次于贝加尔湖的世界第二深水湖。

每一个湖泊都是鸟类乐园和水生物王国，动物世界的天堂，当然也是人类繁衍生息的伊甸园。旖旎的自然风光、古朴的民俗风情，恐怕每一处湖岸都令人流连忘返。闭塞的交通、遥远的路程、落后的经济、动荡的局势……诸多因素的累加，致使旷世美景依然藏在深闺人未识，安全的大门一旦敞开，该给贫困的非洲带去多少财富以及科技的冲击。也许，现代文明的脚步，会踩乱古老的脉搏，缓与急都会给健康的机体传播病菌。

我在大裂谷的上空飞越，我看到了那些珍珠般的湖泊，俯瞰的美妙已荡漾心胸，身临其境又该是怎样的惊怔。

假设往往莫名矫情，脚踏实地才能触景生情。

Kenya

裂谷地貌轮廓清晰

民族特色的饰物

  飞机平稳落地肯尼亚首都内罗毕，这个端坐在大裂谷东边崖壁上的非洲小巴黎。只有十多个乘客出机舱下了舷梯，那些携儿带女的依旧稳坐狭小的座椅，乘务员清理过的机舱又被糟蹋，我曾去过一次洗手间，马桶被几块孩子用的尿不湿塞得严严实实，刺鼻的异味逼退了我的内急。直到走出很远，我又回头看了一眼，那些人确实没下飞机。我的同伴也感觉到同一问题，一路往关口走一路议论，怀疑他们就是传说中丢失了护照只能在飞机上飞来飞去入不了境的人，难怪他们把机舱当旅馆一样祸害。他们还要飞到空中，不知道是否厌烦了俯瞰大裂谷，反正一次我已经满足，落地，是为了走近大裂谷。

01　平坦大裂谷

手工木雕艺人

　　迈动的每一步，都好像携带着丰腴的期望和满足。
　　肯尼亚是落地签证，填写好入境申请卡，关员的一个微笑，就把我们放进了又一个崭新而神秘的国度。
　　赤道拦腰，裂谷穿心，二者的交叉在肯尼亚形成有趣的十字架。赤道不赤热如炎，裂谷却惊心裂胆。上帝真是眷顾这方水土，赤道下裂隙宽谷，海拔的优势造就了温和凉爽，充沛的雨量滋润出青山秀水，肥沃的土壤生长了丰富物产。谁能想象，裂谷里竟是动物乐园、人间天堂。
　　我们要先去看大裂谷，然后走进去。内罗毕身边的裂谷地貌轮廓清晰，正如一个人站在悬崖边，挪动脚步就能放眼望远。敞蓬的三菱越野车跑在平坦的柏油路上，两边葱茏遮目，视野被规定在窄狭的空间，如绿墙篱围的廊道。平坦，还是平坦，甚至感觉不到地势的起伏，即便有坡度，也是长长的缓缓的，大地被丰茂的植物装饰得生机盎然。
　　有了山，也不高，不陡不峻不险，像不离不弃的伴侣陪在路沿，润了眼眸，荡了心神。突然，车子驶进路边一个小停车场，几栋简易草屋如苍颜老人，全身挂满民族特色的饰物。有简陋的桌凳，草屋里满室商品，木雕、石

Kenya

雕、蜡染服饰以及手工编织品，旅游色彩浓烈。一定别让这些商品迷蒙了双眼，驻足之地，是一处绝佳的观赏大裂谷的地点。咫尺而已，即是陡然的深渊，我们已经站在了大裂谷悬崖边。

一道水泥栏杆，近身，眼前空阔，脚下空悬，大地猛然陷落般，深深远远地沉没，如在高山俯瞰，却没有临渊的慌恐，视野平阔恢宏，壮观而震撼，又抚慰得心神舒坦。总体而言，大裂谷的崖壁，陡峭中略见徐缓，雄峻里偶露秀拔。粗略目测，落差少则几十米多则百余米，除了部分陡壁裸岩嶙峋，丰满的植被掩体一般覆盖了裂谷的伤痕。近观远望，绿色犹如厚厚的绒毯，汹涌无际地铺展，波澜浩渺的海洋也没有如此荡魄摇神的魔力。

真像大盆地。我的同伴突然感慨。他的脱口而出恰好融通了我的思索，确实感觉不出大裂谷应有的惊异惊奇，大盆地的比喻贴切得恰如其分。太宽敞了，望不到对面的陡峻，目力所及尽是盆底样的谷地，我们站立的地方，倒像凌腾而起的盆沿，有气势却没吊胆的峭险。盆的印象，总比深谷给人安全。

继续前行，我们要走进裂谷站在盆底。公路劈山凿崖，紧贴着谷壁慢慢盘旋而下。路幅窄狭，从谷底攀爬的载重货车大喘着粗气蹒跚而行，阻滞的车流爬虫般蠕动。下行的车稀疏，车速快得拉开了间距，但必须有效地踩刹车限速，一路滑行也是危险重重。然而我们并不担心，不像在中国的西部，上坡下坡后还是下坡上坡，前方的路未知，地貌危机四伏，这里一目了然，站在最高处已能看到底部平坦的公路，只要小心滑下去，到谷底再放开速度也有近在眼前的盼头。

绕了几个小弯，路缓了，心更缓，渐渐行走在了平地上。往前，再往前，一望无际般，平展展的，好像略微的起伏都那么温柔；回头，突兀的高山，如隆起的墙，如旋起的风，如叠起的树，逼压着我们的退路。

真是太奇妙了，我们下到了名响宇宙的非洲大裂谷的沟底，却恍惚得如站在中国黄淮大平原上一样安心。是错觉，还是大地开的玩笑，站定了四顾，谁要说那就是地球上最大伤痕的谷底，我一准笑他是神经病。然而千真万确，谁的精神都正常，是大地错觉了人类的感官。

植被丰茂。林地和草场，野生与栽培，间隔或杂生，密实或疏朗，偶尔有村庄，零星散落，如适意的点缀，人烟了自然野地。再走，除了公路，好像人

植被丰茂

迹渐少，旷远的草地丛生起灌木，大树孤立得傲慢。这么好的平地，搁在中国，恐怕早已开垦出良田，人口压力的差异，注定了肯尼亚的自然生态保持着亘古至今的和谐，假如没有好奇的人类脚步，或许公路也不会延伸得那么急功好利。

我们的目的地就是亘古至今的和谐大自然，但我们又必须经由破坏了自然的黑色柏油路，乘坐快捷舒服的越野车，目的和途径的矛盾，人类早已习惯得不以为然。大裂谷里有太多的诱惑，尤其是少见多怪的所谓文明人，自己的家园被自豪得面目全非，又来探奇别处未曾破坏的本色原生态，仿佛知道了漏网的鱼，总要窥视一下它的模样，才能心安理得。

曾有人说，没有人文的纯粹自然景致，即使丰满也显苍白，这个断论听起来高雅，但细嚼未免粗糙寡味，偏颇得狭隘。至少，他没有到过大裂谷和大裂

Kenya

谷里的大草原。一旦踏进，如同穿过魔术匣子，重叠着几百万年前人类先祖的脚印，你会惊叹本该消失的原生态却还幸运地在非洲留存。

只是，人类的脚步太繁杂，车轮声、欢叫声惊动了久远的安宁。人类愉悦享受的贪婪，或许破碎了大自然一生平静的愿望。这里原来是多么的干净安静，自然一直用天籁传递悠扬的声音。人类的审美情怀，自私到把破坏当成爱抚，以至在憧憬后的满足感中得到唯美的快慰。

我们正在体验这种快慰。公路上车流稀少，又以越野车居多，应该都是如我们一样的好奇者。只要肯尼亚能保障人身安全，世界各地的旅行者必然会纷至沓来，早年的白皮肤结队成群，大有被潮水般的黄皮肤淹没的趋势。旅游业毫无疑问地成为肯尼亚的经济支柱，年收入竟然占到国内生产总值的20%，十个有职业的人就有一个服务于旅游业。

路途上凡遇村镇休息点，都有简陋的屋宇摆满专供游客的商品，一辆辆越野车鱼贯而入又飞奔而去。经营的黑人店主多少都能说几句蹩脚的汉语，然后用善意的微笑补充未尽的热情。"中国，好！"竖起大拇指，瞧那得意和赞美，可以想象来自中国游客的出手大方。我的同伴一路停一路挑选，木雕成为

满是鸟巢的金合欢树

01 平坦大裂谷

仙人掌丛

　　每个人认可的最爱，点着手里的钱，背包却鼓得更夸张。

　　远处有了山的轮廓，但那不是裂谷的另一端，谷底里的地貌丰富得什么都能呈现。起伏是大地的妩媚形态，山地的装饰，更妖娆了视野。洼地一片湖水，晶莹了一抹亮色，庄稼从湖边蔓延到远远的坡地，金合欢树挺举伞样的头冠，疏落有致地点缀在原野。

　　第一眼的碰撞，我便喜欢上了金合欢，瞧那秀挺的模样，多么招蜂引蝶。成片，更多的临风独立，相互摇手晃脑，孤傲里闪放许多亲切。我在半路上特意走向了金合欢，热带特有的树木，令我好奇得只想用肌肤亲近。细小的叶子，真像矮弱的含羞草，触摸，颤巍巍的，也有故意的羞呢！黄色的小花球，仿佛树生的含苞雏菊，舒展，乐融融的，蕴蓄动感的喜色。

　　然后就是仙人掌，一丛丛一墩墩，甚至连成荆棘芒刺的绿墙。肥厚的肉，养育肥圆的果，花开得美艳，红的、黄的，竞相争宠。曾在街头见过卖仙人果的地摊，遍地野生挂眼前，如果不是尖刺，或许尝了鲜。

　　更多仙人掌树，蛇形的枝，抱团疯长，直指苍穹。杂灌和野草不甘落后，争抢着地盘，占据着领地。偶尔，阔大的坡地被翻耕得寸草不生，附近的麦田

Kenya

宏旷得无边无际，人类掠夺的脚步快速得已等不及仙人掌长成树形，收获的得意膨胀了物欲，好在这样的开垦不多，人类生存的必需，从来都矛盾着生态的延续，创痛和伤疤，或许也是一种警示。

毕竟，人类已经意识到行为的破坏性，一个个的自然保护区应运而生，肯尼亚就做得非常典型。人与自然的和谐，保存和延续古老的生存方式，还原或留存一部分最初，让城市的脚步优雅一点，让干净的天籁和饱满的负氧离子积蓄得更多一点，差异总比雷同丰富多彩。

越走越无人烟，纯粹的自然裹身扑面。前方的前方，就是我们今天要去的马赛马拉大草原，众多的动物朋友一直在那里等待。我们不像它们一样随季节迁徙，我们的脚步追随着好奇，去欣赏动物王国开办的盛宴。

那里还在大裂谷里，快速的越野车跑不过大裂谷的宽阔，我们没有疲劳也不觉得厌烦，行走在大裂谷甘心情愿，妙，总在未知的前端。

拐下了柏油路，土路不再顺当，路程仍遥远，颠簸，摇荡，不喜欢也得习惯。既然去看动物，就应该走跟动物一样的路，苦味里酝酿化不尽的甜。

一群悠闲的斑马

01　平坦大裂谷

SECTION 02 与动物同居

天天与鸟语花香为伴，是不是很诗意的生活？

如果再跟野性十足的动物共居一处，是不是陡生了野蛮的刺激？

肯尼亚赋予了诗意，马赛马拉提供了刺激，人与动物和谐共处，地球上还剩下几块能够如此美妙的乐园？

越野车奔驰在柏油路上时，我已被路边金合欢树上悬吊的密密麻麻的鸟巢惊呆发痴了。不是一棵两棵三棵，而是很多棵，在路边上，在村庄旁，像刻意的设计，标志物般间间断断地闪现。哎呀，假如能停车驻足，一定凑到跟前好好瞅瞅那是什么鸟儿的家园。好奇，是因为少见，甚至从来不曾见，假如自己生活的环境也有如此这般的景观，一定会习惯得视而不见。

终于，中途在一个小村镇停车休息时，满足了我的少见多怪。别人都蜂拥钻进路边商店去了，我反着方向走到公路边。刚才车子拐弯时，我已观察到休息点边上的一棵金合欢树上，悬吊了几十个玲珑精巧的鸟巢。

鸟巢不大，纯草编织，窝口在斜下方，悬吊在细长的树枝上，随风儿的吹拂摇晃，随鸟儿的回归悠荡，如温馨的摇篮，似俏皮的秋千，幼鸟成长在这样的家园，该是怎样的幸福美满，学会的鸣叫声都会异常的清脆甘甜。

一窝挨一窝，一枝连一枝，毗邻层叠，整个树冠仿佛挂满了过年时祈福的小灯笼，看一眼都喜兴。没见到幼鸟，或许已过了繁殖季节，但仍有不少鸟儿旋飞在鸟巢附近，或钻进鸟巢里探寻一番，难道是在看护抑或修补家园？

我仔细观察了鸟主人。麻雀般大小的身子，几乎通体明黄，只有耳羽与颈

Kenya

喉处纯黑，背尾和飞羽有条状的黄黑相间。那明黄锦缎样的亮，圆润的肩、腹洁净得一尘不染，阳光下闪烁珍珠般的光泽。几处黑色巧妙的修饰点缀，灵动了鸟儿的美艳，看一眼是漂亮，再看一眼还是漂亮。如此雅致得体的礼服不知出自哪位设计师之手。叫不出鸟儿的名姓，但俊俏的美足以让我不再忘怀，那是在肯尼亚见到的，在公路边村庄旁的金合欢树上，悬吊着的随风摇荡的美。

感佩鸟儿的大胆勇敢，居然在人居稠密处筑屋生息。

羡慕当地人的诗意栖居，竟然有鸟儿天天在耳边歌唱生活。

盯着满树鸟巢，无法不让我回想故乡。几个孤立在树杈上的鸟窝，曾几何时，年少的我们要么不让鸟儿安宁，要么不准鸟儿生存，最多忍耐到鸟蛋落巢或小鸟露头，总要想方设法捣毁和捕捉。再后来的后来，惊吓得鸟儿不再返乡，连麻雀都要远离人群，别的鸟儿稀罕到绝迹。好在近些年鸟儿回巢，渐渐有了众鸟合鸣的旋律，只是像肯尼亚这般壮观的景象不知何日才能重现。

发愣的片刻，我在揣测是不是因为人烟稀少和物产的丰富，才创造了人与鸟儿相安无事的融洽，但我忽略了这是贫穷的非洲。生存，可能比曾经的我们

金合欢树上悬吊的鸟巢

更困难，举手即可得到的美味肉食，却能不被视为猎物，近乎违背了本能之需，绝不是具有高素质所能解释。信仰、习俗、理念、传统……实在不知多少因素才"结晶"了人与自然的心平气和。

能与动物同居，更凸显了主宰大地的人类俯首万物的崇高。

我们做得实在不好。皇家围猎的气势，疯狂了全民的野心，猎枪、大网、飞驰的车轮，别说长居本地的鸟雀，连迁徙驻足片刻的都不放过。藏羚羊不敢穿越公路，普氏野马逃遁到更远的荒野，以至麻雀被追赶得疲劳坠地而亡，家燕明年还会回筑旧巢吗？可怜的中国人，在自己的家园看不到成群的鸟雀，更看不到几只野生身影的奔跑，只能拉着孩子到动物园认识囚禁的朋友，或者花大价钱到国外了却猎奇的自豪，满足见多识广的骄傲。

几个同伴被我召唤，也惊诧了未曾目睹的新奇。相机快门脆响，闪光灯热情地闪烁，女士兴奋得跳跃旋身，欲与美丽的鸟儿比舞姿。

鸟儿并不惊慌，转动着黑宝石一样的眼睛，望了望树下的不速之客，仿佛早已习惯了人类的目光，继续忘情地边歌边舞，俏皮的尾羽摆来晃去，仿佛挥动的指挥棒。或许，它们把一群黄皮肤误认成天天路过的村民了，多么单纯的鸟儿呀，假如你们不是色盲，恐怕也退化了防备危险的本能，难道是因为从没遭遇过人类的危害，才这般与敌为友、与人为善？

我们的好奇也引起路边几个孩子的好奇，天真的眼眸夸张着不解的眼神，看我们见到鸟巢的兴奋，，如同看一群可爱的疯子。我向他们指了指鸟巢，然后竖起大拇指，一个孩子摇摇头摊开手，另一个甚至耸了耸肩，他们实在弄不懂一群东方人为何对一树鸟窝欢喜得又跳跃又拍照。正像我们对身边的车水马龙视如繁荣，对频现的雾霾习以为常一样，几个孩子一定对满树悬吊的鸟巢早已视若平常，如果哪一天鸟儿飞走不再筑巢了，反而会引起他们的惊慌，正如消失了雾霾我们也会欢喜一样。

一个孩子指指远处，顺方向看去，那边也有两棵树上挂满鸟巢，再远的再远还有。我们的心即刻平静下来，原来这么平常呀！不管什么东西，一旦发现量多，立马不足为奇了，立马兴趣索然了，立马滑稽可笑了。

也怪，离开村镇，到了人迹少至的原野，这种鸟巢反而少了，即便有也不像路边村旁那么稠密，稀啦啦吊挂几个，孤单得让人可怜。

难道鸟儿喜欢跟人类凑热闹？难道最危险的地方也最安全？难道鸟儿也羡慕人类浮华的阔气？

也许我多疑了鸟儿，它们只是为自己的快乐而栖，也为自己的栖而快乐，怀一颗快乐的心，清寂亦非清寂，萧条亦非萧条，每一处景致都是家园，每一种生活都有快乐，哪里需要羡慕人类浮华的阔气。

我们却是在逃离浮华，走向动物世界的蛮荒。灌木和树丛时疏时密，阔大的草地渐渐连绵，越野车辗压着陷进草场的车辙，摇晃得让人眼花缭乱，但目光时刻搜寻着可能出现的第一只动物。

"瞧，羚羊。"不知谁喊出了第一声，声音颤得似激动又像被车子颠簸的。

"哇，还有，那边好几只……"

"看呀，这边也是，一群呢……"

坐不住了，又颠得站不住，我们巴不得立刻停车，好看个够，好拍个够，但谁都明白这才是开始，才刚刚闯进野生动物的世界，前方的惊奇恐怕连惊叫

瞧，羚羊

都来不及，于是又坐下来，议论着看到的几只是不是羚羊，什么羚羊。羊有很多种，羚羊也有很多种。一个说，反正是羚羊，咱们是旅行者，又不研究动物属性。

　　但毕竟好奇，毕竟探求未知世界是人类的贪欲，满足的自得，夸张了智慧，伪装了尊贵。然而来不及弄清，又看到了斑马，一匹，两匹，一群。浑圆丰满的屁股令我们目瞪口呆，多看几眼都觉得害羞。多美呀，一身或黑白或棕白相间粗细均匀的花纹，比人类标新立异的文身耐看多了。车子走过身边，它们并不惊慌，最多快走几步，肥硕的身子显示着它们的淡定。

　　"我们是闯入者。"一个同伴说，"我们应该用微笑表示歉意。"

　　闯入太客气，即便称不上入侵，也是精神占领，是霸道的捣乱和可恶的骚扰。几匹斑马扭头目送我们的车子远去，好像在纳闷今年的黄皮肤人类为何比往年来得频繁。你们会习惯的。我在心里对它们说。

　　"哎呀，猴子，一群，怎么在草地上乱跑？"

　　"那不是猴子，是狒狒，非洲特有的一种灵长类动物。"

一只黑猴从身边走过

Kenya

真像猴子，本来就属于猴类吧！嗨，不好看，尖嘴猴腮的，毛发怎么显得脏兮兮的，瞧面相，好像很惊恐又愤怒的样子，它们也应该有领地意识吧，又怕又恨我们的不请自到吧！

野猪，那么多，老老小小的，更丑更脏，好像用脏丑做了巧妙伪装似的，迷惑天敌的伎俩？还跑得那么快，是不是看到中国人来了？别怕，不会吃你们的，我们只是来做一次客。

哇，长颈鹿，真高，不得不仰视呢！好优雅，行走与站停，或亭亭玉立，或器宇轩昂，真是动物里的淑女和伟丈夫。怎么形单影只的，孤独的一头，高昂着与身子不协调的头颅，神情那么肃然地目送我们的车子飞驰，难道它们在思考关于人类的哲学问题？

孤独者擅于思考，也热衷于思考，思想家往往都在孤独中"涅槃"思想。

它们昂起那么高雅的头颅，是不是也能产生有高度的思想？

人站在它们跟前真像个侏儒，但强大不是身高的同谋，较量总被智慧掌控。

我们的越野车穿过一片树林，眼前豁然，更大一片草地，又是羚羊，又是斑马，又是狒狒，又是野猪，没看到长颈鹿。羚羊更多更散了，大的，小的，高的，矮的，种类多得再认不清；斑马成了群，悠闲的模样，可爱的身姿，放养的家畜般让人宽心；狒狒对我们不理不睬，双手不停地在草丛中捡拾食物；野猪只知道又拱又窜，不如意的哼哼断续着草原的和声。

刺激，又不过瘾，人的欲望膨胀，再多的动物也满足不了。没有新发现，心安了，情淡了，尽管四野一队队一群群的羚羊、斑马、狒狒、野猪，缺乏了新奇与刺激，犹如看到的草一般，树一样，平淡得趋向忽略不计。

心思和目光都放在了发现新动物。有鸟，旋飞的，落远的，个头不小，也不知什么鸟，要么几只，要么影单，提不起兴致。想看到大象，想看到狮子，想看到犀牛、野牛……又是树林，密实实的，偶尔的空隙或空地，似有野物的影子，也是一闪而过，辨不清模样和身份。车子完全钻进了树灌交织的廊道里，绕一个弯又一个弯，突然直了一段，前方一座小屋，铁丝网拉起了围墙，营地到了。

茂密的树林，阳光落地，花一般细碎。窄巧的柏油路引导越野车，砖铺的

又看到了斑马

　　步道蜿蜒着。几乎没有砖石，所有的屋宇都是就地取材，木构框架，屋脊覆草，内里装饰民俗物什，朴实得讲究，简陋得温馨。酒吧格调的餐室，充满了西式的暖意，应该是营地里最奢华的屋子。出酒吧，一溜木板路，有栏杆护身，临栏见渊，原来是一条湍急的黄水河。呀，是马拉河！我们站在了马拉河边。

　　多么有名呀，虽窄小，虽混浊，但世界上多少人曾经透过电视或图片领教了它的凶险和沸腾。每年壮观的动物大迁徙，成千上万的角马、斑马突破狮子、猎豹的围追堵截和鳄鱼的坐地偷袭，完成了生命的大旅程，创造了自然的奇迹。

　　我们居然下榻在马拉河边，就个体的生命旅程而言岂不也是一个奇迹？

　　河水汹涌，看不到鳄鱼；林木繁茂，也不会有角马、斑马闯入危机四伏的密林。食物链的法则，约定般构成相互依存的奇妙关系。鳄鱼们一定熟悉了角马、斑马迁徙的路线，微闭着滚圆的双目窃喜着每时每刻自动送上门的美食。

　　服务生带我们去房间。穿行在林地，一个一个的帐篷，相互间隔数十米，沿马拉河，藏入密林，突然有种孤独感交织着恐慌。一人一个帐篷，在鳄鱼马

Kenya

出没的马拉河边，在狮子豹巡游的密林里，大象的一只脚都是猝不及防的灾难。而且服务生说，晚上十点后所有的灯都熄灭，完全将人置放于纯粹的自然，与大地草木动物一起共眠。

没有门锁，一条随意开合的拉链，一只猴子都能轻易进出。铁柱支撑，帆布作墙，屋脊只是一层防雨帆布。内里设施一应俱全，跟标准客房几无两样，正是这般布置，更感缺少门锁的不安全，仿佛一室豪华直接亮给了危险。我曾在四川七藏沟的雪山里睡过三夜帐篷，尽管听说有野狼出没，但感受的只是帐篷的拥挤，丝毫不担心野兽的侵袭。而这般宽敞讲究的帐篷，又有铁丝网的拦护，我却身颤四处都是危险，想必是空间的空，虚张了慌恐。看来，内心的安全，犹如贴身的暖、实才舒坦。

我把帐篷门撩起，门前是木板搭起的平台，一张木桌，两把木椅，两步远即是河岸。简易木梯伸到岸边，又一道木栅栏，再前是一道铁丝网，将河面与河岸隔开。搬椅子在平台最边缘，坐听天籁，河水欢唱得有点自满，好像此处一直是它的舞台。

晚上住宿的帐篷

突然听到摩托车响,加大着油门,我怔愣细听,自笑这般野性之地怎会有摩托奔驰。却又是几声,就在跟前,从脚下的河水里飞出。急忙站起,透过树枝缝隙搜寻,我怀疑到了动物,不曾见识不曾懂,唯有探寻。

呀,看到了,两只河马,半个头露在水面上,凸眼睛,小耳朵,朝天鼻,五官几乎生在一个平面上,硕大的头倒像个牛脸。又冒上来一只,两只,又沉下去一只,一沉一浮,喷着粗气开着摩托,游戏似的,逗我玩呀?起伏一阵,我数来数去,有七八只,就在我脚下的河水里,就在我居住的帐篷边,这么近,像自家院里的家畜般。

哎呀,奇妙得想喊叫!

同伴们听到召唤,纷纷凑趣惊喜,相机的闪光灯迅即将河马逼进水里。正遗憾,一只黑猴从不远的树上跳下,沿河岸的木栅栏信步游玩,临近我们时略略停顿,然后旁若无人地从我们面前走过,悠闲自得,国王般气宇轩昂。我们都惊愕了,反应过来时黑猴已走远,赶紧跑到前边,截住去路拍照。黑猴也该纳闷,但我自岿然,依旧气度不凡,对我们的欣喜置之不屑。

营地就在著名的马拉河边

Kenya

用铁丝网围在树林里的营地

民间手工艺品

  黑猴跳上了树桠，我举相机紧追不舍，或许闪光灯刺激了它，摇晃了几下树枝，啪啪啪喷出几串粪便，幸亏我躲闪及时。再瞧黑猴，它居然龇牙咧嘴嘻嘻讪笑，倒是一副可爱模样，恼不得气不得，本能的调皮，恶作剧的逗趣，谁会跟一个孩子较真，我报以笑声，满心的得意。

  外围一圈坚固的铁丝网，据说还通了电的，或许只有猴类通过树梢才能入侵营地，但原有的爬行动物依旧固守家园。看到了一只大蜥蜴，一溜烟钻进浓密的草棘里。我们被电网圈着，成了草原上的囚者，这是动物的世界，营地成

02 与动物同居

了它们窥视的动物园。

文明与野蛮，调换了主体与视觉，秩序成了赏心悦目的谜。

我们能走出铁丝网但不敢，城里动物园的动物敢走出但不能，相反的差异映射的不是智慧和愚蠢，也不是胆怯与勇敢，而是文明与野蛮。

营地不大，帐篷旅馆沿马拉河岸布展。热带的风雨阳光旺盛了植被，也贡献了中国人喜欢的宝贝，木耳、蘑菇、灵芝……野生的营养与野生动物一样，自由地绽放着本真的生命。

转了一圈，又坐到帐篷前的木质平台上，享受热闹里的宁静。河马时不时启动一下摩托，那只黑猴仍在树梢游荡，林地外的草场上无数动物在忙碌地讨生活，我们坐在它们中间或比邻而居，彼此相安无事。

我又检查了帐篷门的拉链，确信的确没办法锁定。忐忑的心一阵无奈，索性先把卷起的窗帘放下，试图创造一下夜晚无灯时的意境，感受黑暗的肃穆。但毕竟是白天，又想：所谓恐惧都是心理上的自我惊慌，自己吓自己而已。

夜色暗合，营地很快安静下来。我拉紧帐篷门的拉链，又挪动一张实木矮桌横在门边，早早洗漱完毕躺上床，企图赶在熄灯前入眠。马拉河水好像紧随夜色安静了，河马已启动摩托去了河对岸的草场，黑猴不知游荡到了哪一棵树梢，帐篷里只剩下自己的呼吸和心跳。再细听，似乎有种低闷悠长的混声浮荡，隐隐悠悠的，辨不真切，一波一阵，此起彼伏，应该是动物们制造的合奏曲吧。

睡不着，期待。期待有动物造访，哪怕骚扰呢，即便给我惊吓，也期盼有个夸耀的借口，也幻想多个别样的经历。但听到的只是恒定的静，直到熄灯，营地与大自然共用一色，依旧是静。

我睡得很不熟，我敢说听到了河马开着摩托回来，我敢说那只黑猴从帐篷上跳跃而去，我也分明听到了别的声音，远远又近近，模糊着清晰，比天籁繁盛丰满，比市声轻盈悦耳，动物世界的休养生息，不像人类那样昼夜分明。

这一夜，在非洲肯尼亚，马赛马拉大草原，我们与动物同居。

Kenya

一群河马的家

哇,长颈鹿

139

第三章 肯尼亚

02 与动物同居

SECTION 03 寻找惊喜

一夜浅眠，精神不萎，第一缕晨光扫落在树梢时，我的相机已支在了马拉河边的木栅栏上。鸟鸣不绝，空气润神，怡然舒心。河马还在沉沉浮浮，那处河湾一定是它们的家园；黑猴早已无影无踪，或许已游荡出营地树林。我又在营地转了一圈，再没新发现，看到的动物太少，早已不过瘾了，我们要走出营地，去寻更多的动物，去找更多的刺激。

匆匆地吃过早饭，带足了午餐，迫不及待地钻进越野车。车未动，天窗已被全部打开；出营地，同伴纷纷钻出天窗站起来。

这是非洲草原观赏动物特有的越野车，天窗必不可少，更多的车辆干脆掀掉车顶，上方完全敞开，为防雨淋再用四根立柱撑出个车棚。窗户尽量开大，安全起见装配铁质网罩。虽然很少有野生动物逼近坐人的越野车，但也不排除偶尔的惊喜，一旦巧遇则是莫大的幸运。一般而言，坐在车里已经能够极好地观赏，但毕竟局限视野，站起身透过天窗，所有方向一览无余，且有居高临下的优势，最得摄影者的青睐。

草原遍布动物，尤以角马、羚羊、斑马居多，但并非所有野生动物都能轻易看到，大象、野牛、长颈鹿不是随处都有，狮子、猎豹、犀牛更为稀罕，甚至鬣狗也不会轻易碰到。因而，需要寻找，需要时间，更需要运气。好在特制的越野车提供了方便，经验丰富的司机给予了可能，起伏繁盛的草原，颠簸的驰骋中，酝酿着数不尽的惊奇。

未走出树林，就看到了几头野猪，几只羚羊，又扑楞楞惊飞一群大鸟，认

Kenya

不清鸟的身份，模样儿也不招人喜。两匹斑马，在一片疏林边，望望我们，然后继续它们的交流。视野突然开阔，便是满目的羚羊，大小、高矮、壮弱不一，更奇在身上的不同花纹，斑斑驳驳，花花簇簇，将草原描绘得多彩。

又是一片林地，突然从一团灌木后冒出两个穿制服的黑人，示意停车，我们正纳闷，司机乌达尔高兴地给我们打了个响指，他说林地里有两头犀牛，让我们下车步行前去。我们又激动又犹豫，乌达尔嘱咐道："不能激动不能叫，轻手轻脚走过去，不会有危险。"原来，犀牛天生视力差，以听觉和嗅觉见长，加上没有天敌，只要不被触怒，很少主动攻击人类。所以，只要小心翼翼地靠近，不会有危险，何况两个穿制服的人紧紧相随。

在矮树丛里穿行，膝深的枯草阻滞了速度，也不宜快，脚步轻，相互打着哑语提示路径。一块石头上放了个铁罐，乌达尔比画了几下，我们理解了其意，掏出点零钱放进去，制服黑人管理员笑露了白牙。原来是他们创收的钱箱。犀牛量少，而且喜独居，不易见，恰巧碰到两头更是幸运，掏几个小费心

羚羊已不稀奇

甘情愿。

　　走出百余米，前面的人放慢了脚步，林间一小块草地上，两头体格硕大的犀牛正闷头吃草，对一群人的靠近视而不见。我们试探着尽量靠近，无知的胆大可爱无敌，几乎近到五六米的地方才站定。动作的轻缓，内心的放肆，居然拍艺术照一般，满意了姿势和表情才罢休。

　　第一次近距离地在野外跟犀牛合影，惊喜伴着激动，夹杂些微心悸。壮实的身躯，粗短的腿脚，宽长的头颅，特别是那只尖利的独角，释放的尽是力量和凶猛。后来又听乌达尔说，这种黑犀牛又是同类中脾气最坏最具有攻击性的，与狮子、河马、野牛、大象并称为非洲五大最凶猛动物。

　　出师即喜，真是好兆头。一群人感谢地拉过两个制服黑人管理员合影，又欢叫着站在越野车上车下频摆POSE。乌达尔嘘了几声制止众人的狂热，指了指犀牛的方向好像它们要来袭击，诚实的黑人管理员摇了摇手，逗得我们更加肆无忌惮，如同在城市的公园里狂欢。

　　出树丛，草场豁朗，又是成群的羚羊、斑马，数匹长颈鹿在前方几棵树下

犀牛闷头吃草

昂首。乌达尔加了加油门，赶到长颈鹿近前，我们央他停车，他说不能停，一停车动物就逃，车走着它们似乎才觉得安全。不错，他刚松了松油门，车速稍稍慢了些，长颈鹿已引颈走远，但仍步履优雅，展示着淑女般的风度。

上一个坡，视野更感展阔，孤立的椰枣树傲然，动物遍野，勾人疯癫。

马赛马拉的地貌丰富多样，草原起伏，山地巍巍，沟河遍布，为动物们创

优雅踱步的长颈鹿

孤立的椰枣树

03 寻找惊喜

浩荡的角马军团

草原上的开阔视野

造了各取所需的家园。草原上有矮林，有孤树，牧草有浅有深，为动物们提供了隐匿的场所，伏击的条件。完美的地理地貌孕育了完美的食物链生态，地球上最后的动物天堂，也是人类精神世界的最后栖息地。

　　阳光温和，赤道下的草原生机勃勃。越野车信意奔驰，老车辙导引自由的方向。斑马、羚羊已不稀奇，寻找，发现，惊喜，刺激，每见一种新动物，我

Kenya

们都会一阵欢叫，伴着清脆的相机快门。

哇，浩荡的角马军团出现了。昨天至今，第一头角马撞入眼帘，就是这般汹涌无际的气势。望不到边，蚁群一般，几乎密封了草原可视的空间。它们不停地移动，吃几口草就要警惕地抬头，幼小的角马惬意地顽皮，撒欢跑跳，生性的天真仿佛幼儿园的孩童，不知四伏的危险为何物。

马赛马拉草原上群体最庞大最具代表性的主人，迁徙的壮观和生命的惨烈早已从电视上刻下印象。看到眼前的阵容，再回想马拉河里鳄鱼的撕咬和草原上狮子的扑咬，突然觉得再多一点凶猛也阻滞不了角马家族的繁衍生息。太多了，太繁盛了，太雄壮了，区区几只狮子和鳄鱼哪是角马的对手，再惨烈的镜头也不如人类设立的屠宰场血腥。

但我不大喜欢角马的模样，甚至感觉有点丑陋。头像水牛，后身又像马，搭配得并不美观协调，有种别扭的怪胎相。相比于斑马、羚羊、长颈鹿，绝对算不得草原的伟丈夫，甚至不如狒狒可爱，不如野猪好玩，如果只比形象的话，略好于鬣狗，可排倒数第二。当然这仅是我一个人的感觉，不同的审美视角，左右了在草原游走的心理，我最想看到威猛的狮子。

狮子是非洲草原之王，不像角马、斑马、羚羊四处逐水草迁徙，它们有固定的势力范围，诸侯一样拥有自己的领地。它们不愁食物短缺，迁徙的食草动物们会自动送上门来，它们只需看好自己的家园、养育好自己的后代。坐地为王，该是何等的威风庄严又得意畅怀。

又一个坡，视野更阔，草深渐黄，动物杂游，应接不暇，尤其是角马、斑马、羚羊，势如大军，汹涌磅礴。细瞧，不远处竟有两只鬣狗游荡，夹着尾巴，猥琐的模样如混在人群里的小流氓。奇妙的是，离它们不远就是机灵小巧的羚羊，与猎手比邻，羚羊们视险若夷，我自埋头吃草，而鬣狗也只是信意游荡，犹如闲庭踱步。表面的和谐掩饰了短暂的猎取，谁能否认羚羊们不偷眼防备，鬣狗们不伺机扑杀？我们看到的平静和睦，是草原平和氛围的主旋律，一如人类的日常生活，也是一派祥和。

主流和恒常，让我们看到了生命的温雅和生活的美好。

杀戮和残忍，永远是生命的不幸和生活的缺陷。

右前方好像有一群大象。乌达尔激动地提示。我们一起站了起来，越过天窗远望。一处林地，两三里路的距离，黑胧胧的，模糊得似有若无，仔细辨认，也只是恍惚成了似是而非的轮廓。乌达尔说，是不是大象，过去看看才能知道。于是加了油门狂颠在深草里。未行多远，又见三辆越野车停在一片青黄杂色的深草里，他断定那里一定发现了狮子，毅然决然地拐去，我们又被他的提醒激动得嗷嗷嚎叫。

趋前靠近，便见深草里站立两头母狮，旁边一堆血肉淋淋的角马骨架，四只小狮子正埋头啃食，满头满身血染如洗，幼稚的眼睛贪婪地闪放血光。"这应该就是此地狮子国的王宫后妃和它们的后代。公狮国王和其他后妃也应该在附近。"乌达尔的语气十分肯定。"它们一家刚刚饱餐了一顿，狮王要么去巡查领地，要么与其他母狮享受爱情去了。"乌达尔貌似调侃，却又语含令人信服的经验。

越野车绕狮群一周，我们的相机快门歌声悠扬一刻未停，甚至不敢相信自己的眼睛，真的在茫茫草原上目睹了延续的残忍和王者风范。我们还想再多停一会儿，乌达尔果断得不容置疑，大声说："我们去找狮王，一定在附近。"

两头母狮

Kenya

但车子却驶向了刚才那片似有大象的树林。任何一个方向都有不期而遇的惊喜，马赛马拉永远充满神秘。车子冲下一个长坡，眼前突现一片沼泽，百十头野水牛正在沼泽里野餐，黑乎乎的厚脊背上站立无数白鸟，勤劳地为野牛梳理毛皮里的寄生虫，真是一幅各取所需和睦共存的谐趣图。

沼泽边倒卧数十棵粗大的枯木，不是野牛的杰作也是大象的功劳，不像自然朽腐的古树。成群的狒狒、野猪凑热闹般在沼泽边玩耍拱土，数只嘴红身子黑白的大鸟，还有别样色彩艳丽种类不同的大鸟，间杂着秃鹫、白鹭、乌鸦、燕子抑或叫不出名的鸟，聚会般翻飞鸣叫，觅食闲走。一只大鸟独自站在粗壮高翘的枯木上，仿佛鸟中的王，俯瞰着欢乐的子民，意气昂扬。

倒木从沼泽地延续到树林，树林里的倒木更是接二连三，原本茂密的林地已经稀疏得零落无几。就在林地边，又是一处水沼，十头大象踏水玩泥。七大三小，高壮威猛，直不愧是动物里的体型冠军。

我们的越野车沿已有的车辙绕行到水沼边，缓慢如停，距最近的大象只有十数米，尖长的牙齿，柔长灵活的鼻子，巨扇样的耳朵，清晰仿佛咫尺。最前的大象抬头看了一眼我们，举步笨重地走出水沼，向林地的另一方向挪动，众象紧随其后，糟蹋后的水沼平静成狼藉。

车的前方，林地的另一边，隐约还有一群大象，揣测与刚刚走掉的或许是一个家族。乌达尔驱车前去，越过一条小沟，旧车辙突然变深，且泥泞湿黏，行不几步就陷住了。乌达尔加了几次油门，车轮完全打滑，湿泥被甩成飞标，车子却纹丝不动。乌达尔下车查看，抓了几把干草垫在车轮下，上车再试，依旧不行。又下车，找枯木垫，用硬土塞，依然无功而返。

他不让我们协助，而且反复警告叮咛，一定不要下车，危险。那群大象没走远，另一群正朝这边移动。不远处就是那上百头野水牛，附近角马、斑马、羚羊成群结队，还有那些乌鸦、秃鹫，好像哪一种动物来袭都成致命危机。而且，谁敢保证附近的深草地里没有雄狮隐伏？危险随时都可能发生。假如动物们会像人类那样趁火打劫，我们只能束手就擒。然而没有一种动物靠近，反而都在走远，那群混杂聚会的飞鸟听到怪异发动机声，也已经逃跑一般四散得无影无踪。

好像真的没有什么危险。乌达尔打开车后厢取出行军铲，我们开始试探性

大象踏水玩泥

越野车陷在凶猛动物遍布的草原上

地下车帮忙，他没制止，一帮人渐渐大着胆子都下了车，围在车周边随时都能一步跨上车。我也接过铲子铲土，草根繁盛，凝固得土质硬中带黏，加上车下空间狭小，铲土的效果差强人意。乌达尔又试着启动几次，我们一群人拼力推，车轮空转且越陷越深。

乌达尔打开了对讲机，呼叫附近的越野车救援，但举目四望，空旷的草原

Kenya

上没看到一辆。真是奇了，仿佛一瞬间集体消失，刚才还你来我往互相传递动物信息，突然只孤立了我们的一辆抛锚在动物的包围里。终于，看到了一辆，却远得只是个模糊的车影，即便赶过来也得很长时间。我们继续自救，用铲铲土，用枯木垫实。见周围的动物越移越远，众人的胆子更大，纷纷把大象、野牛、枯木作背景，摆出满意的pose拍照留影。

旷荡的草原，留下了我们蹦跳的身影，飘荡着我们兴奋的笑声。

显然这是不允许的，不说是否危险，起码有违保护区的约定俗成。如此空阔的草原，野性凶暴的动物分布周边，确实不宜下车观景，是越野车的沉陷，给了我们难得的幸运。确实，突遇的困厄，未必都是灾难，偶然带来的惊喜，比刻意的安排更铭心刻骨无法忘怀。

感谢那条旧车辙，感谢那片深草地，感谢被黏泥裹滑了的车轮，感谢玄妙神奇的命运。

不担心了，反而暗暗庆幸，多好啊，自由自在，与野生动物同行大地，近距离地对视和揣测，是敌是友，危险的安全，兴奋着刺激，甚至因为偶然收获了可以炫耀的本钱，油然生发自豪的得意。有几个人能得到这样的经历？切身的体验，生命似乎都镀上了莫名的传奇。

乌达尔还在拼命铲土，职业赋予他不能放弃的责任，我们则搜寻周围动物的身影摄影留念。忽然，从林地里蹿出一辆越野车，几个西方人羡慕地朝我们又喊又叫。他们停在了我们车前，乌达尔走上去与司机交涉用绳索拉车，那几个西方人却没被允许下车，遗憾地做着各种鬼脸。

越野车又撒着欢颠簸在草原上，没有新的动物发现，乌达尔似乎还沉浸在刚才陷车情绪中，绕了一会儿，车子驶向了马拉河边。那里距一座马赛人的村庄不远，两车西方人正在河边休息，看上去环境相对安全。我们驱车前去，未到，西方人上车走了，相互用手势笑容招呼，我们停在一棵大树下。我希望能看到鳄鱼，它们是马拉河的主人之一，但近前一看，满河的河马，足有百余头，阵势惊魂。

昨夜河马作邻，本无惊喜，但庞大的河马族群还是吸引了兴趣。这里河道很宽，一个弯道，夸张了水流的湍急。岸线自然崩塌，塌滑的泥土裹挟了树木，黄的土绿的树装饰得岸线斑驳残损。对岸密林，这边疏林，想必角马们不会选择此处迁徙,即便不见鳄鱼,河的宽似乎也是天敌。河马大多潜水露头,十多头躺在浅水边休憩,肥硕的身子炫耀着日子的美满安闲。

一只狒狒不知何时蹲在了不远处一棵一人高的枯树墩上,不时直起身子也朝河里望望,逗趣的动作好像在学我们的模样。猴子观海,狒狒观河马,真是难得的摄影画面。端起相机靠近,再靠近,试图找一个理想的距离和角度。狒狒发现了,晃了晃身子,做出逃的架势。停步,它也恢复站姿;前行,它又摆出逃势。反复数次,相互较量耐性,但还是没有斗过它的机灵,一个腾越,消失在树灌遮映的深草里。相机里,只留下了它独立树桩的俏皮远影。

离开河岸,离开树林,越野车又驶进波荡的草原。几乎在动物群中穿行,仍是成群的角马、羚羊、斑马,尤其角马,规模和气势,浩荡无际。狒狒和野猪混杂其中,凑着热闹。

如果这样转下去,恐怕很快会产生审美疲劳,甚至无奈成厌烦。我们需要新的刺激,我们希望看到别的动物,哪怕一些鸟呢!当然,最想看到的还是公狮和猎豹。乌达尔说,猎豹很少,行踪也诡秘,遇到纯粹靠碰运气,既然看到了母狮和幼狮,公狮不会离太远,我们去寻公狮。

寻找,召唤着惊喜;运气,孕育着惊喜。

欲得惊喜,首先不放弃,其次借运气。

我们回头,朝发现母狮幼狮的方向。越走地势越平坦,越走牧草越深,越走动物越多。对面开过来一辆越野车,两个司机交流几句,得知不远处的草丛里卧着一头母狮。我们的车子几乎停在了母狮身边,但它稳卧草地我自岿然不动,眯缝双目享受饱餐后的舒坦。乌达尔断定是刚才看到的两头母狮中的一头。

继续前行不足一里,又见一头母狮闲卧深草里休憩,对我们视而不见的态度一如它的姐妹。令我好奇又纳闷的是,刚才那几头小狮子躲藏在了哪里?按说母狮们会尽职尽责地保护幼狮,也许它们就躺在附近的深草丛里,只是我们没有看见罢了。

走,前行,绕着弯,前方又一小片疏林,几棵矮灌茂盛得如草原中突兀而起的堡垒,周边偌大的范围一只动物都没有。乌达尔兴奋地打了个响指,我们理解了他寓意的有戏。

Kenya

151

第三章 肯尼亚

一对狮子夫妇

突如其来的惊奇

03 寻找惊喜

车速快了，颠得我们站立不住纷纷跌回座位，透过车窗搜寻各个方向的蛛丝马迹。看呢，前方最高的那丛灌木，三头狮子，一公两母。乌达尔好像比我们还激动。他的话音未落，我们齐刷刷地将头颅伸出了天窗，每个人的相机都开始响起了快门声。

一头母狮悄然离开，负坠着圆硕的大肚子，显然有孕在身。公狮与另一头母狮贴着灌木耳鬓厮磨，亲热的缠绵劲让人脸红面羞。"它们在谈情说爱。"乌达尔逗趣道。

"好像应该是夫妻温存，正酝酿后代之事呢，却被我们搅和了。"一个同伴话简意深，仿佛悟到了动物们传宗接代的心思似的。

也真是，公狮望了我们一眼，撇下母狮，转身躺在了灌木下，然后半闭双目，像要平复一下亢奋的情绪似的。

越野车停在离它们不足十米的地方。相机忙碌得几乎喘不过来气。那头母狮子看看公狮又看看我们，似有遗憾地躺卧在灌木另一边，仍不时含情脉脉地看一眼公狮。公狮微睁双目，蔑视样瞧了我们几眼，不恼不怒，不屑不理。俄尔，公狮站起身，欲走又停，调转了身子，将屁股冲向了我们，歪头瞧一眼，重新卧下，再不理睬我们。

无法理解它的情绪，但显然对我们的到访不欢迎。我们坏了它的好事，它应该更加忌恨吧！我们当然是识趣之人。闹过了洞房，满足了惊喜，就应该成人之美，给小夫妻腾出安静隐秘宽松的空间了。

我们走了，我们没有回头，窥视别人的隐私，不道德呢！

继续寻找惊喜，前方，一定还有好戏。

不知又颠跑了多少路，直到颠得有点饥饿了，感觉疲劳了，才想起该找个安全的地方消费午餐，解决温饱。

今天看到了羚羊、斑马、长颈鹿、狒狒、野猪、河马、猴子、犀牛、野水牛、大象、狮子、角马、秃鹫、白鹭……更多的鸟，还有一种机灵地直立两条后腿观望凡有危险立即钻进洞穴的叫不出名字的动物。

但我们没有看到猎豹。或许，猎豹一直卧在某棵椰枣树上观察我们。

我相信我们和猎豹的距离很近，那棵树，我们曾经擦肩而过。

Kenya

SECTION 04 富有与贫穷

　　许多人一说到非洲，立刻想到了落后与贫穷、战乱与野蛮，尤其是一些极端的骨柴饿殍图片，更给所谓的文明人心理标注了悲凉凄惨的戳记。一瞥的肤浅印象，可能是一生的顽固认知。

　　不必讳言，非洲的确还落后，贫穷的严酷现实，痛击着曾经的掠夺者欺压者未泯的良心。然而，正像欧洲人曾说中国是一头未醒的雄狮，非洲也是。我们在马赛马拉大草原看到了休息中的雄狮，那么温驯安静，很难想象威猛奔突时的豪迈英姿。我们也曾在动物园里见过圈住的雄狮，那么萎顿窘困，谁能否认放归自由后的雄健威仪？

　　非洲雄狮已经苏醒，正脱胎身上的奴役锁链和污言秽语，精神抖擞地啸嗷于弱肉强食的世界。

　　其实大自然很眷顾非洲，无论是矿产资源还是生物资源，还有人文积淀，都堪称极度富有。矿产中的金、铬、铂、锰、钴、铝土、磷储量居世界首位，金刚石、铀储量居次位，天然气居三，石油、铁、煤第四。品类繁多数量庞大的动植物资源，更支撑起非洲独具特色的自然人文景象。只是，万贯家私被旁人觊觎后肆意掠夺，宝贵财富美化了窃贼的家国，丰富了强盗的文明，把累世落后和贫穷留给了羸弱的非洲。不能容忍的是，文明了的强盗反过来还要指责受害者野蛮，甚至鄙视成商品买卖。

　　非洲的大地，被文明人血腥得悲愁戚戚、伤痕累累。

　　无论是已经去过的埃及还是埃塞俄比亚，乃至脚下的肯尼亚，接触的当地

非洲草原一瞥

人都有一个共同的渴望：发展与进步。他们需要外来资金、人才和技术，他们很欣慰中国的投资，哪怕是越来越多的中国游客。乌达尔说，他也关注到西方舆论鼓噪所谓中国正在经济殖民非洲，他说应该鄙视后不必理睬，肯尼亚欢迎中国投资，欢迎中国人来马赛马拉，中国人勤奋礼貌，而且真心实意帮助非洲发展，中国人是非洲人和肯尼亚人的好朋友。

我一路真切感受到了非洲人对中国的友好，愿意与他们交流。我对乌达尔说："其实非洲很富有，潜藏的发展后劲非常足。"他高兴地说："只要把资源转换成自己的财富，我们会过得很幸福。"

中途休息时，我曾指着金合欢树上悬吊的鸟巢对乌达尔说，如果在中国，这一树鸟巢都能成为一个收费的景点。他莫名地惊讶道："我们这儿到处都是，我们不收费，你们都来看吧，看过了鸟巢，然后再去马赛马拉。"

每当找寻到新动物，他跟我们一起激动兴奋，眉眼笑容里自然流露拥有的满足和得意。浩浩荡荡的动物迁徙盛况，大自然只留给了非洲这片土地，物质

Kenya

统率下的城市文明，做梦也联想不到如此美妙壮观的盛景，非洲为人类的精神营养保存了回归家园的一方圣土。

一定要保护好，一旦消失，不是遗憾所能解释的。我几次跟乌达尔如此交流爱惜之意。他挑眉点头，然后说政府打算把居住在保护区的马拉人迁出，将森林草原完全让给野生动物。我却担心，这种措施是否科学合理，长期的人与动物的和谐相居，早已形成系统完整的自然生存链条，抽去任何一节，难免伤其筋骨从而改变生态结构。

善意的举措，未必获得美满的结果。

"马赛人愿意迁出吗？"我问乌达尔。

"只要生活条件大大改善，他们愿意的，当然也有人坚持祖先的生存习惯，宁愿一直留守在跟动物依存的大草原上。"

推辞物质的优越富裕，坚守精神的自由饱满。选择，其实很简单。

"会有动物伤害人的现象吗？马赛人杀害动物吗？"同伴的问题现实而尖锐。

"基本上每一个来到马赛马拉的游客都会问到这个问题，实话实说，动物伤人的情况很少很少，马赛人过去以猎杀动物为生，特别是猎杀狮子，曾经是马赛男人的成年礼，现在禁止了这种旧俗，轻易不再杀害动物，马赛人与动物之间相处得很好很好。"乌达尔回答得很郑重。"你们看马赛人简陋的村庄，都是由一个个的土垒草屋构成，根本不设防护，只有个别人家的牲畜有围栏，但大部分人家的牲畜都是散养，跟野生动物们一起生长在草原上。"

乌达尔讲了很多，听得我们半信半疑，仿佛冥冥之中存在着某种力量规范了草原的生态秩序，神秘而真实。很难解释种种现象，似乎人与动物已经达成了某种默契，和平共处，互不侵犯，相安无事。好像动物们也清楚，人类的生命及其财产是不能碰的，否则是自取灭亡。人类也坚守这样的原则：只惩罚肆意侵犯者。比如，曾发生过狮子伤人事件，马赛人神助一般能知道是哪头狮子作案，然后群策群力、众志成城必将那头狮子斩首除掉，其他狮子则安然无恙。如果有动物伤害了他们的家畜，马赛人也毫不留情地以牙还牙，杀一儆百，以至其他动物吸取教训积累经验不再伤害人类的财产。有趣的草原生存秩序，似乎比所谓的人类文明社会还恩怨分明、赏罚严明。

04 富有与贫穷

马赛人简陋的村庄

独行的马赛人

两天的草原游走，经常可以在空旷地看到独行的马赛人。他们是草原上神秘彪悍的古老游牧部族，世代与野生动物同居一地繁衍生息。独行的马赛人大都着装鲜艳夺目，尤以红色居多，据说大多凶猛动物都惧怕红色。他们手持一根长棍，衣服像披裹的床单，似乎随时打开都能在草地上入眠。长棍大多比人高，应该是吓唬动物防身之用。瞧他们自由自在的模样，再看周围成群的动

彩色非洲
非洲四大古国穿越之旅

Kenya

物,初见的人无法不担忧他们的安全。

甚至还有孩子,独行于空阔的草原。我们的孩子上个学都要接送,生怕被车撞了被人拐了迷了方向了;马赛人的孩子像动物一样放生在草原上,他们不担心被人拐被车撞,难道不担心被动物伤害?噢,我忘了,他们与动物是朋友,朋友怎么会伤害朋友?

还有他们的家畜,那些羊,那些牛,就夹杂在野生动物里,有时真的很难分清哪是家畜哪是野生。还有那些狗,它们的野性会多一些吗?

我们很想去看一看马赛人的村庄,乌达尔面有难色,声称这一片地方没有接待游客的村庄,建议不要去。然后加一句,很穷很脏的,去了也会有不安全。

穷和脏的现状,恐怕定点接待游客的村庄也不例外。乌达尔不回避落后,但似乎又刻意掩饰,尊严,我理解他的情感。

实际上,我们路过了好几个村庄,有的几乎相当于穿村而过。虽然走马观花般浮光掠影,但大致模样留存了印象。马赛人的房子以现代人的目光看,甚至算不上真正意义上的房屋。墙是泥巴的,外面又糊一层牛粪,本来已显脏污的墙更是难看。屋顶覆草,简陋得如临时的棚屋,一场大风都能连盖掀起草飞扬。房门很矮小,进出都得弯腰,其实就是个门洞,夜不闭户应能实至名归。村庄都不很大,几户人家,或散落或围成圈,出门脏污地,牛粪踩成泥。瞧那些孩子,脸上都像化了妆的丑角,苍蝇也趁机偷袭。如果真实地描绘外观,马赛人仅比野生动物多了衣装和屋宇,生存的环境状态无缝衔接,纯粹的自然。

"他们已经开始改变传统的生活方式,而且改了很多。"乌达尔补充着感情。"政府引导他们从事农牧业,更多人参与到得天独厚的旅游业,他们的孩子开始上学读书,马赛人有了自己族群的知识人。"

然而,我坚信传统的根深蒂固,或许称顽固更贴切。代代人积累的习惯,一代人完成不了彻底的决裂,更何况不见得有多少人心甘情愿决裂。习惯一旦成了自然,那是血液般的滚热,突然的冷却会导致疾病和死亡。当然,所谓文明人的不断进出,多多少少会潜移默化马赛人的心性,新的感觉会融解固化的思想,一旦产生向往和渴望,变革的力量会一夜间摧毁祖先遗传久远的习俗。

我问乌达尔去参观马赛人的村庄主要看什么。他说也没什么特殊的,看他们居住的环境,他们迎接客人的歌舞,他们屋内的简陋摆设,还有表演一些古老的生活技能，比如钻木取火……

没有啦！所有的项目，都是我们眼中的愚昧落后。历史知识里的远古，在马赛马拉还可以目睹到燃烧的余烬，该是悲凉还是欣喜？生活在被资本疯狂奴役世界里的我，曾想如果有人能为整个人类留守古老的家园，护卫和延续传统的生活，哪怕孤独成活化石，也是人类历史的功臣。来到马赛马拉，我心理很矛盾，曾经的愿望显然狭隘自私。科技文明的脚步，已经踏碎了传统坚冰，我听到了冰凌破碎的嚓嚓声。

中途走进另一个景区大门休息时，有两个马赛妇女在草地上摆地摊。床单式的花布铺展在地，上面整齐规距地摆放粗朴的玉石、动物牙齿、漂亮的鸟羽和手工艺品，她们身披的彩衣比商品惹人注目。我正要举相机，乌达尔示意不妥，然后小声说，拍照要征得她们同意，否则会无端要价，纠缠不休。然后又给我说他曾经目睹的事，一次路途一个村庄时，几个西方游客坐在车里拍路边的行人，被发现后高价索钱，游客不依还价，结果激怒了当地人，捶打车子还毁了游客的相机。乌达尔进而警告：到了这里，还是小心，人多时，更要揣好钱包。

后来我禁不住诱惑，还是寻机偷拍了两张。毕竟是在景区，她们或许已习惯了游客的无礼，无奈地接受了兼职模特的事实。现代文明的进入和商品意识的熏陶，勾引得世代游牧的马赛人开始在传统生活与现代生活之间摇摆踟躅，金钱和商品动摇了逐水草而居的人文地基，但马赛人一时还不曾熟稔手段，自然需求与社会规则还不曾衔接得天衣无缝。

人文的最后净土，已经向资本敞开了大门。

我们要找一个安全安静的地方野餐午饭，乌达尔加快了车速。在野生动物东奔西突的草原上寻一处理想的野餐地，比在城市里寻一家满意的餐馆要难得多。又路过一个村庄，几个孩子在路边玩耍，同伴提议停车，给孩子一点钱，乌达尔不同意。我也不赞同。不只是安全问题，我去过西藏，了解那里公路沿途发生的不愉快，最初的起因正是善良人的好意。好心，很可能会培养出伸手的习惯，不劳而获的施舍，会给之后的旅行者带来麻烦。

车子奔驰，视野里的动物再也勾不起惊奇惊喜，饥肠控制了也有点疲倦的身躯。终于，乌达尔将越野车停在了一处有疏林的高坡上。空旷而视角好。近

我和一身盛装的马赛人

马赛人守护着家园

处都是些温驯的羚羊，它们只是抬头看了我们几眼，然后继续它们的野餐。我们摊开防潮垫，将早晨宾馆准备的食物一一摆开。伸了伸腰身，在非洲大草原上有动物相伴野餐令人兴奋，甚至有了拿面包去喂食羚羊的冲动。不管成不成功，该是多么有趣的经历，每次回想，都会甜美得颐神养气。

刚打开食品袋，乌达尔吆喝着赶紧收起走人。我们纳闷片刻，他指了指远

马赛妇女摆地摊

处，一个马赛男孩丢下放牧的羊群正朝这边走来，手里扬着一条细棍，脚步匆匆目标明确。同伴们不以为意，一个男孩有啥可顾忌的。但乌达尔坚持换个地方，或许他担心马赛男孩的造访影响我们的进餐，进而造成不良印象。也许他有过不愉快的经历，抑或景区有着某种提醒或规范。我们尊重他的意愿，车子再次启动的刹那，我看到那个男孩也停下了匆匆的脚步，怔怔地看着我们离去。

真是说不出心中的感觉。我们躲同类的马赛人，比躲那些凶猛的野生动物还小心谨慎，难道人类相互间比动物危险？

防备与躲闪的是伤害，却也伤害了对方的尊严。

单纯，总是被冠冕堂皇的虚伪伤害。

很长时间，车子里安静无声，好像都被饥饿俘虏了精神，不仅萎靡，似乎还有隐隐的不甘。

又走了好几公里，又经过了一个马赛人村庄，又翻过了一个视野开阔的高坡，乌达尔拐离旧有的车辙，朝一片稀疏的树林开去，最后停在林地边一块平

Kenya

坦的草地上。清幽，清谧，清爽。再次铺垫摆食品，心却没有了刚才的兴奋劲。遍观四周，视野里一只野生动物都不见，缺失了在非洲草原野餐的应有情趣，跟平常的路边充饥几无两样。偶尔，树林里传出几声鸟鸣，聊以慰藉失落的情绪。

大家都吃得草草，好像宾馆的食物不合口味似的，匆匆的几口，了却了任务般，每人都剩了一堆。乌达尔显然食欲最好，津津有味地咀嚼吞咽，故意夸张表情的饥饿难奈。我们则闲散地在林边草地溜达，选择适意的景物拍照，也是打发无聊，再好也不如之前有动物的草场。

突然，从林地一边走出一群羊来，紧接着跟出一个成年马赛男人，依然是手持长棍，身裹艳衣，打着赤脚。他一见我们一群人也怔愣了片刻，然后站在那儿看我们。同伴们见状都退到越野车旁，乌达尔上去跟他用马赛语交谈，见两人相谈甚欢，我们才稍稍缓解了紧张。俄尔，乌达尔走回来征询我们的意

性情温和的羚羊

午餐时的羊群和马赛人

见，说那些剩下的食物丢了也可惜，带走也不见得再吃，建议送给那个马赛人。我们当然同意，又有丝丝歉意，总觉得是吃剩的东西。

马赛男人接过数袋食物，露出笑容表示谢意，清澈的眼神、洁白的牙齿修饰着善相。然后转身坐在了草地上，将同一种食品放进一个袋子，归类后挑了两样大块朵颐地解馋，看他的吃相，好像给他多少都能消灭掉。本来想跟他合个影，但看他吃得满脸满身满世界都是香，实在不好意思打扰他。

他会当成宝贝，自己吃一点，其余都带回去给孩子。乌达尔有点激动。尤其是宾馆里做的这些食品，马赛人平时很少吃得到，每一样对他们来说都视如山珍海味，孩子们更是喜欢，像吮冰棒一样慢慢吃。

我们一直站着看他走去很远，手里的食品袋沉甸甸成脚步的轻快，他曾回头给了个笑，羊群被他摧赶得咩声一片。他朝着我们刚才路过的村庄，那里即将开席一场语笑情欢的盛宴。

可是我的心里不是滋味。吃剩的东西，成了别人的宝贝，我是该诅咒善良里的恶意，还是珍惜本性中的情谊？我看不起的是自己，文明的熏陶早已把我

Kenya

们的灵魂滋润得高贵无比，挺直的腰肢、高昂的头颅被物质滋养得傲慢无礼，一旦到了马赛马拉，很多尊严都不堪一击。

我看到了生存的原初形态，那是能让我惊喜的自然。

越野车又启动了，原野越走越逼仄，旷远的草原渐渐甩在了身后，野生动物也渐渐零星，终于在某一个点了无踪影。马赛人的村庄也不再曾见，独行的马赛人鲜艳的衣装成了记忆的印象，好像马赛人的行迹跟野生动物一样，同在某一个点终止。矮灌、仙人掌、金合欢树、荒地和野草统治着这片宛若过渡地带的寂静土地，前方很远便是通向文明繁华的柏油路，那里堆积的舒服会让我们颠簸了两天的身心享受到温心暖意的安逸。可是，躺在舒软的席梦思上，我一定会想念马赛马拉刺激的日子，一定会，而且常常。

马赛马拉已在远远的身后，有点像被甩掉的落后和贫穷，但却没感到多大的欣慰，甚至有点隐隐不舍。

富有与贫穷，是否经常在人生里交换着位置？

SECTION 05 东非小巴黎

　　内罗毕很时尚，像端坐在东非大裂谷边上的时髦姑娘，自信地向世界展示着妖娆的身姿和娇好的容貌。

　　进城时太阳西坠，正值下班时间，城郊公路向城市街道过渡的路段，行人如鲫且行色匆匆，想必都是步行回家的上班族。不知别的时间是否也有这么多的步行人，不由对比起埃塞俄比亚首都亚的斯亚贝巴街上的闲走之人，仅瞧步履，便差异分明，悠悠然与急匆匆，不仅甄别出生活的节奏，也品鉴出生存的状态。

　　很快进入城区，干净的街道，有序的交通，敞朗的格局，特色的建筑，园林式绿化，第一眼的内罗毕现代得令人惊喜诧异。尤其是它的整洁秩序，规划的精致，建设的讲究，初感的市民素质，一瞬间完全颠覆了对非洲根深蒂固的印象。去了埃及，去了埃塞俄比亚，一路的感受到内罗毕瞬间瓦解，做梦般如同离开了非洲，到了概念中某个西方的城市。

　　然而她确实端坐在非洲，端坐得气定神闲、优雅从容。难怪她被称为"东非小巴黎"，她的气质，她的雍荣，她的涵养，实至名归，更显特色。

　　从蛮荒自然的马赛马拉草原，猛然走进繁华热闹的时尚都市，仿佛天壤，却又近在咫尺，真难相信繁华与蛮荒竟然分居在一个国度里，仿佛编织的童话，犹如穿越般恍惚。一国庄严的首都，与统辖的国土之间差异太大了，仿佛一粒沙土一棵野草都没有吹进和滋生。我们初次走进的外人也感觉差异得有点不知所措，即使梦境也没有如此绝妙神奇。那辆越野车停在宾馆门前，脚踩落

Kenya

165

第三章 肯尼亚

内罗毕很时尚

造型别致的建筑

05 东非小巴黎

在大地上，才感到了真真切切的踏实。

　　野性包围的文明，落后簇拥的现代，国际化了的内罗毕成了肯尼亚另一张值得炫耀的名片，以至于联合国环境规划署和人类住区规划署的总部都设在了这里。我很难想象联合国的官员们以及各国政要到了内罗毕，是不是就以为认知了肯尼亚。孤立的发达与繁华，难免一叶障目了不少人的心智和情性，即便原谅成蜻蜓点水的一场误会，也暗含了过于冷峻的幽默。

野性包围的文明

都市现代的一面

Kenya

夜幕暗合，华灯灿烂。透过客房的窗玻璃，俯瞰一片繁盛街衢。不远就是一座赌城，夜总会更是灯红酒绿，酒吧栉比，西方化的生活方式，几乎穿插在内罗毕的大街小巷，难怪每年吸引那么多西方游客光临。

肯尼亚作为人类的发源地之一，除了出土的约250万年前的古人类头盖骨化石，之后很长的历史都记载了空白，16世纪葡萄牙人登陆这里的海岸，19世纪再被英国"保护"以至成为殖民地，20世纪60年代才实现民族自决国家独立。

西方的所谓文明统治，极度异化了当地民族延续久远的传统生存习俗，特别是首都内罗毕，深深烙印了浓烈的西式文化余痕。当然，也不是传统文化被彻底同化，只是珍贵的遗留如今大多成了景点式的表演与展示，当作独特的化石般的异类习俗，提供给好奇的客人，让其惊讶后感叹。相反，内罗毕接纳了更多的外来文化，交汇、沉淀与融合，土和洋，本地与外来，加大了内罗毕的国际化。

比如饮食，内罗毕几乎应有尽有，阿拉伯风味的，印度口味的，日本的和韩国的，尤其是正宗的西餐，不愁寻找不到可口可意的餐饮。我们一踏进内罗毕的街心，就去了一家有点年头的中餐馆。未进门，喜庆的中华元素裹身扑面，门里的一面墙挂满了海峡两岸三地名人光临餐馆的照片，店主人是一对祖籍上海的中年夫妇，一口纯正的普通话伴着笑意让人倍感亲切，而服务员则是清一色的当地黑人。当然，菜饮的口味也有了入乡随俗的改进。中国人适者生存、落地生根的文化基因，不必枪炮，仅用美食就抚慰俘虏了异族人的心神。

那是我们非洲之行一路上吃到的最爽口的中国口味。我不是名人，否则也会跟店主夫妇合个影挂在那面墙上。而且，内罗毕的很多中国餐馆，都能让你一路口杂的味蕾，回归家乡习惯的品味。

当然，既然到了内罗毕，一定要去品尝一下最具当地特色的烤肉。在郊区一片绿荫里，坐落着一家名叫Ca Rnivore（食肉动物）的烤肉馆，据说名气位列世界餐厅排名前50位。餐馆每天供应16种不同的肉食，羚羊肉、长颈鹿肉、斑马肉、野猪肉、角马肉、驼鸟肉、鳄鱼肉、野牛肉……有人说是纯正的野生动物肉，有人说是人工饲养动物肉，后来得知确实是餐馆自家圈养的动物肉，并且经过了政府批准，毕竟在肯尼亚猎杀野生动物是违法行为。乌达尔说，整

最具当地特色的烤肉

独特的习俗

168

彩色非洲
非洲四大古国穿越之旅

Kenya

个内罗毕,只有两家这样的合法餐馆,因而名气更是如日中天,仅慕名到这家餐馆解馋的世界各地游客,每天消耗掉的野生动物肉就达1.5万余斤。

在绿树掩映里下车,餐馆的大门像中国农家院落常见的过道,地基筑石,支柱、墙及房顶一色的原木。进门,仿佛一个园林,屋宇也都是木质的,绿树和花草占据了绝对空间。正对大门是一个硕大的圆形烤炉,旺盛的炭火、成串的肉块、缭绕的油烟、肤色黝黑的黑人厨师,一应的人物广告一样,昭示着餐馆的主打食品。烤炉侧旁是服务台和吧台,一些客人正交涉和等待就餐座位,好在我们已事先预定,直接被辨不清笑容的服务生带到餐桌边。

真像故乡农村的喜宴,一桌挨一桌,人头攒动,祥和热闹。餐厅好像呈宽廊式布局,敞开式的结构,或许利于烤肉油烟的消散。全实木的餐桌,配以铁质靠背椅,民族特色的装饰物立于庭院,挂于墙壁,刻于桌面,置于显眼处。身穿白色上衣、腰系斑马纹围裙、头戴斑马纹布帽的服务生穿梭吆喝,右手握刀,左手持铁柱串起的肉块,动作优雅熟练地分食于各个餐桌。特别引起我兴趣的是桌上的调料圆形托盘,两层,下层放蔬菜配料,上层六个圆洞分别嵌入不锈钢碗,碗碗装盛各色调料,供食客依各自口味选取。

除了调料,几乎再没有什么配菜,饮料和鸡尾酒需付费,免费的茶水、牛奶和咖啡可以选择,以免纯粹吃肉不适应。未曾经验过这样的餐饮,什么肉都想品尝品尝,仿佛食欲大如牛。服务生流水作业一样,举一坨肉一桌一桌切,一人一人问。单看他们切肉的技巧和夸张的表情,就是新鲜的艺术享受。他们都能用中国话报出每种肉的动物名字,显然得益于中国人早已是这里的常客。

鳄鱼肉?来一块!很好,很有嚼劲。驼鸟肉?好的,谢谢!好像不太烂。羚羊肉?来一小片吧!很嫩啊,好吃。野猪肉?好,尝尝!香是香,好像还是觉得家猪肉好嚼。野牛肉?这个好,来一块!确实,还是牛肉好吃,不要太熟,味道和嫩劲儿都合口……

服务生只报肉名,简捷干脆,我们索要得也干脆简捷,但吃了几种动物肉后,并不如想象的那么可口,而且纯粹只吃肉食确实有点不太适应,尝鲜的好奇统率了肠胃的能力,以至后来又吃了哪种动物肉,一出门就再也回想不起。总共吃了几种动物肉呢?确实记不得了。只是那种别样的体验,并不如习惯的中餐让人舒坦,然而如果不去体验,又的确成为到过内罗毕的缺憾。

回宾馆时夜已深，街上依然车流不断，内罗毕的夜生活丰富多彩。我们被一路告知哪家是赌场哪家是夜总会，更被一路反复告诫不要单独外出，结伴而行也得小心翼翼，夜间最好待在宾馆休息。瞧市面动静，一点也不像警告的那么危险和混乱，我也懂得这是旅游界对服务对象职业性的要求，出一点小事他们都得承担，所以最好把客人规范在相对保险的宾馆，如临时的牢笼，省心放心。

但我注意到了宾馆门口的安检设施，尽管查验得不是那么严格，仍然令人心头发紧。我曾在印度的宾馆、埃及的宾馆见识过，因为孟买发生过泰姬玛哈酒店恐怖袭击，埃及也发生过恐怖袭击游客的事件，相比于他们，肯尼亚的恐怖袭击有过之而无不及，近来几乎每年都要发生几起，尤其是内罗毕韦斯特盖特购物中心袭击案，死亡62人，震惊世界，被英国媒体称为屠杀事件。

肯尼亚的东北部邻居索马里，经年的战乱不仅自身民生凋敝，还危害到世界特别是东部非洲的安危。著名的亚丁湾海盗，折腾和牵制了多少国家的海军力量，绑架、勒索、枪杀、恐怖袭击……贫穷与战乱滋生的人性罪恶，祸及了无数的家庭。肯尼亚比邻而居首当其冲，细数近年来一系列袭击事件，实施者大部分与索马里恐怖势力有染。

晨起发现，宾馆窗户的对面是一座规模不小的雄伟教堂，干净宏阔的停车场中央立着高耸的十字架，一大早停满了前来做晨祷信徒的车辆，教堂门口晨祷的人进进出出，停车场上车辆也是进进出出，很久才安静空旷起来。我不知道肯尼亚有多少基督徒，但我知道信仰能让人内心平静，引人向善，社会的和谐稳定也借助宗教的佑助。

肯尼亚人大部分信仰基督教和天主教，这跟西方人百余年的武力占领和文化殖民有关。也有一部分人信仰伊斯兰教，还有印度教和其他原始宗教。我们走过的一条街道边，就曾看到一座规模宏大、建筑精美的印度教神庙。宗教抚慰了精神引导了人心，但不讳言也被利用成工具。肯尼亚近年频繁的恐怖袭击，除了发端于索马里恐怖势力，也有宗教极端分子的影子。

仅从市面看，内罗毕很清爽安全，市民也很有素质，你看他们开车进出停车场和转道等让直行车，秩序井然，规范礼让，看不到中国城市里争先恐后无序变道和转道不顾直行车的现象。行人过马路也是规矩地站在路口等绿灯，看不到中国式的穿马路闯红灯。我站在窗口看了很长时间，目光从街道又回到教

Kenya

堂，感觉那里散发的力量或许比我们想象的还要强大。

如果没有外来恐怖势力的影响，内罗毕的治安也许不会令游客提心吊胆。自1998年美国驻肯尼亚大使馆发生恐怖爆炸后，美国一直未解除对公民赴肯的旅游警告。作为经济的支柱产业，每次恐怖事件都是对肯尼亚旅游业雪上加霜的打击。尽管肯政府多管齐下，以至每家宾馆都装置了安检设施，但整体的不乐观依旧制约了旅游业的正常发展。

一旦缓和了安全隐患，肯尼亚真可称得上旅行者的天堂。

又一次经过那个跟机场里一模一样的安检门时，我突然感觉到：行走在人口密集的城市，还不如空旷的马赛马拉草原自由和安全。人与人的相处，仿佛危机四伏，而且无法预防，除非你不到这个国度。草原尽管遍布凶猛动物，但能提前预判危险，及时规避，并且那种可预判的危险还给身心提供了快意的刺激。相对于快意的刺激，繁华里的危机四伏确实令人提心吊胆。

人类的自相伤害甚至残杀，会不会让本性自然的动物们惊恐和鄙视？

自视高贵和尊严的人，其实本性比动物残暴，而且残暴得卑鄙无耻。

也许正因于此，便产生了自我救赎精神和灵魂的宗教。只是，左右行为的灵魂，何时能真的安静？

我特地到那个设有十字架的停车场和教堂转了转，我知道我不可能寻到答案，但我体会了一下街面的祥和。起码在那个早晨，被夜间的雨水洗过的万物和城市，都那么令人神清气爽。

前方，我期望不仅有更多的惊喜和刺激，更期望世界弥漫平安与祥和。

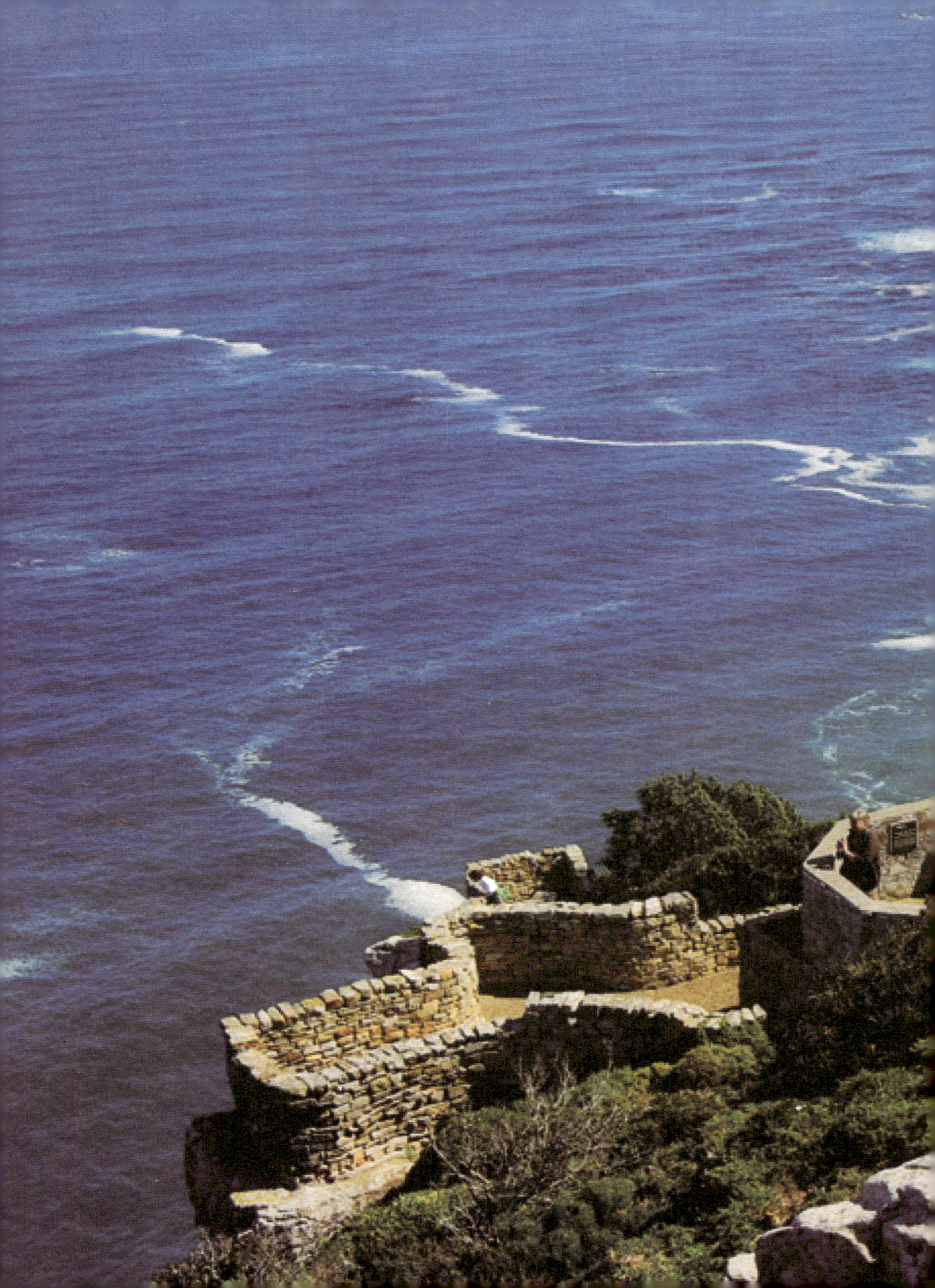

第四章 南非
深邃的蔚蓝

SECTION 01 一个人的自由

去南非，无论如何也绕不开一个人，纳尔逊·曼德拉。

走出结构宏阔、装饰别致的约翰内斯堡国际机场，跟接我们的当地华人吴枫交谈不了几句，曼德拉的名字便出现了。"南非人都很尊敬他"，吴枫说，"无论黑人还是白人，当然也包括我们华人。没有他就没有南非的民族和解，也不会有如今的稳定发展。"吴枫说得情真意切，话音都颤动着尊重。南非人希望他健康长寿，哪怕他身体微恙，都会揪紧全南非人的神经。

的确，被尊为国父的曼德拉，已成为南非的标志，成为世界和平的标杆，好像至今为止的评价尽乎全是赞美，很少听到微词，他几乎成了一个完人。

曼德拉的杰出贡献在于终结了南非种族隔离制度，用囚禁自由的代价换取了南非划时代的政治转型，为新南非开创出一个自由民主统一的稳定和谐社会，并以南非第一任黑人总统的身份永载史册。正如他自己说的："在我的祖国，我们先当囚徒，后当总统。"

南非种族隔离制度曾经臭名昭著地顽固于人类文明进程，以冠冕堂皇的法律制度和政权形态，悖逆人性地苟延残喘。南非，像种族歧视的孤岛，承载了世人的唾弃、谩骂、鄙视和制裁，而曼德拉在孤岛里坚韧不屈的斗争，更像火焰般映亮了人类平等相处的理念。他开创了一种新精神，令整个人类自豪。

我们一到南非，直奔比勒陀利亚的荷兰先民纪念馆。我们深知，了解南非种族隔离问题，那里是很好的起点。吴枫说得更全面而直接：要想了解白人征服并殖民南非的历史，一定要去荷兰先民纪念馆；要了解种族歧视政策的根源，也一定得去先民纪念馆；要知道南非人有一颗怎样宽容包容的心，更要去

South Africa

先民纪念馆。

纪念馆坐落在一座矮山上，远远地就能望见，犹如一尊雄伟敦实的纪念碑，给人肃然起敬的庄严感。从停车场攀石阶而上，更觉神圣弥漫。主体建筑、圆形围墙甚至每一级台阶，都是用精敲细凿的规则花岗岩垒筑，层层叠构，气势威严，雄伟厚重。石阶总共117级，据说是纪念大迁徙途中捐躯的117名先人。台阶尽头是绿地和石铺的广场，圆形的花岗岩围墙上雕刻了64部牛车，再现了当年迁徙的布尔人夜间露营的场景。

"布尔人"是最早的荷兰移民后裔的称谓，也含有部分德国人和法国人，名称出自荷兰语的"Boer"（农民），是几国白人后裔定居南非后形成的混合民族，如今官方统称为"阿非利卡人"（意为"非洲定居者"）。早在1652年，第一批153名荷兰移民抵达好望角，建立南非第一个荷兰殖民地开普敦。之后又有很多荷兰、德国和法国人移民至此，并逐步向内地迁移。1815年英国从荷兰手中购得开普敦，并实行与布尔人不一样的殖民政策，比如废除奴隶

围墙雕刻了64部牛车

制、限制移居、土地拍卖等，引起布尔人的不安和不满。布尔人于1836年开始成规模地向内地迁徙，一路艰辛，一路战胜当地土著王国，建立了数个名为共和国的小殖民区，并于1849年合并为德兰士瓦共和国，首都定名为比勒陀利亚，以纪念率领布尔人摆脱英国统治的比勒陀利乌斯。另一部分布尔人于1854年建立奥兰治自由邦共和国，首都设在布隆方丹。

其后几十年，英国殖民者与两个布尔人共和国不断起冲突并伴有战争，20世纪初发生了历时数年的英布战争，最后两个布尔人共和国被英国灭亡，成立统一的南非联邦。为了协调旧英属殖民地和新吞并各行省之间的利益关系，南非联邦的首都也按照立法、行政、司法三权分立的原则，分别设在开普敦、比勒陀利亚和布隆方丹，成为世界上唯一拥有三个首都的国家，并且延续至今。

英布战争后，以荷兰人为主的白人移民后裔终于形成统一的阿非利卡人民族，紧接着他们联合成立了单一政党南非党，并在1910年的南非第一次普选中获胜，以政治方式赢得了以前未能以军事手段取得的国家政权。1938年，布尔人主政的联邦政府耗费巨资筑建先民纪念馆，历时11年才全部完工，可见对工程质量的精益求精。据说，纪念馆的每一块花岗石都由布尔人垒筑，以示对先人的至高尊崇。

纪念馆主体呈四方型，基座四边和建筑高度都是40米，四角各雕塑一座布尔人先民领袖石像。正门下的石墙里，嵌进一尊青铜雕像，两个孩子围站母亲身边，孩子满目惶恐，似要从母亲那里看到希望得到力量，母亲目视前方，眼里尽是悲伤后的坚毅，男人战死了，她要带着孩子继续前行。

走进厚实的橡木大门，内里宽敞的空间猛然给人肃穆感，仿佛站在了一座教堂或神庙里。大理石地面光滑如镜，如果直盯地面行走，仿如站在水面上，一波波的涟漪向四周荡漾。很难说这种效果不是设计者的初意，似乎在炫耀他们的先民自由而波澜壮阔的拓荒精神。四周墙壁镶嵌精美的白色大理石浮雕，详细而真切地刻画了当年布尔人迁徙的艰辛不易。浮雕之上，巨型的拱形镂空窗户，通透地接收阳光，给大厅积染一层暖暖的黄色。正中一个圆口的沉井式构造，嵌入式的地下，停放一具青中映红的石棺，据说里面放置了布尔人先祖的衣冠。石棺上用荷兰文篆刻"南非，我们为你而死"的铭文。石棺四周的空间，陈列了铜壶、餐具、书籍类的生活用品和枪支、炮筒、装火药的牛角等武

South Africa

布尔人先民领袖石像

白色大理石浮雕

器，还有铁器、马具作坊和居所等生活场景。抬头是高高的圆形穹顶，正中天蓝色的圆顶上，一个鸡蛋大小的呈一定角度的圆孔，透露天光，每年的12月16日，一束阳光透过孔洞直接照射在放置地下的石棺上，似乎预示死者与太阳同在，与天地共存。

第四章 南非

01 一个人的自由

青铜雕像

12月16日，被布尔人视为最神圣的日子，缘于先民大迁徙路上一次著名的战斗。1836年，布尔人组成的117人的先遣队先降服了食人族，又遇到当时势力最强的祖鲁人。2月6日，祖鲁人头领丁刚安排"鸿门宴"，将先遣队人员全部杀死。几个月后布尔人的大部队才得到消息。12月16日，数百布尔人用洋枪与万余手持长矛盾牌的祖鲁人血战，3000余名祖鲁黑人战死，丁刚也被击毙。附近的恩康河被血水染红，一场血腥的战斗也有了血腥的"血河之战"之名，那条恩康河从此被称为"血河"。

或许正是这场战斗增强并巩固了布尔人种族歧视的理念，他们通过选举取得南非政权后，变本加厉地对土著黑人实施奴役和隔离，并于1958年出台了种族隔离的班图斯坦法，将1000余万黑人限制在12.5%的南非国土中，同时实行强化通行证制度。有压迫有剥削就有抗争，维护黑人利益争取种族平等的非洲人国民大会应运而生，年轻的曼德拉加入了这一组织毅然投身政治。

起初，非国大采用请愿、诉讼等非暴力手段争取权利，1960年被南非当局宣布为非法组织后，组建了军事组织"民族之盾"，曼德拉任总司令。不久，曼德拉被捕入狱，继而被判终身监禁，经历了长达27年的牢狱生涯煎熬。曼德拉经受了非人待遇，但他始终信念如一，坚持在狱中争取民族平等的权利，坚毅的影响力成为全球焦点。

曾经，全球53个国家的2000名市长为曼德拉获释签名请愿；英国78名议员发联合声明，50多名市长在伦敦盛装游行，要求英国向南非施压恢复曼德拉自由。后期，非国大也适时调整斗争策略，主张政治解决南非问题和灵活处理制宪谈判。迫于国际制裁和国内政经局势，南非当局于1990年解除种族隔离实行民族和解，曼德拉被释放重获自由。1994年，非国大在南非首次不分种族的

South Africa

大选中获胜，曼德拉成为南非历史上首位黑人总统。

曼德拉不愧为争取民族平等的斗士，但他更为伟大的人格体现在宽广的胸襟、高风亮节的情操和高瞻远瞩的伟人视野。黑人掌握政权后，曾有不少人主张报复曾经的压迫者，言辞和情绪不无以牙还牙的愤怒，他的夫人温妮就是其中的代表，但他坚决主张民族和解与平等，他说："当我走出囚室迈向通往自由的大门时，我已经清楚，自己若不能把痛苦与怨恨留在身后，那么其实我仍在狱中。"在总统就职演说中，他誓言："我们立约，建设一个所有南非人，无论黑人白人，都能心中没有畏惧，确信人人都有不可剥夺的权利和尊严的彩虹国家。"

在他正处于政治生涯巅峰时，激流勇退，让贤举能，毅然辞去非国大主席职务，继而不再谋求总统连任，为南非的政治格局树立了一座标杆，世人震惊后无不肃然起敬。

再说荷兰先民纪念馆，无疑是南非白人缅怀先人的地方；12月16日，无疑是南非白人最神圣的日子。而对世居此地的黑人来说，布尔人的拓荒史，却是他们一部血泪斑斑的被侵略被压迫被剥削被奴役史，纪念馆和纪念日则是黑人先民的累世屈辱。因而，不难想象黑人掌权后对纪念馆存留的争议，拆除之声不绝于耳。曼德拉顶住压力力排众议，不仅对纪念馆不动只石片瓦，而且还保留了布尔人掌权时定下的这个节日，将节名改为"种族和解日"（当然也因为

荷兰先民迁徙纪念馆

01 一个人的自由

非国大的成立日也是这一天）。正是如此宽广的胸襟，避免了可能的黑人白人之间的族群仇杀和社会动荡，实现了政治经济的平稳过渡，南非更被世界尊重和接纳。

　　乘电梯可以直通先民纪念馆顶层。一连串的小凯旋门式的垒石廊道，几乎环绕顶层一周，廊道尽头设置三个观景台。行走在廊道里，似有穿越时空隧道的恍惚感，内含的意境如层叠的垒石般厚重，引人联翩浮想。站立观景台，视野广远，绿意绵延，现代化的比勒陀利亚都市风貌尽收眼底，仿佛在向人们昭示，布尔人数百年的坚苦付出，成就了繁荣发达的南非。

　　曼德拉要建设一个新南非，一个种族和解、民族团结、社会和谐、自由民主的彩虹国家。他不愿摧毁和否定，而是继承和前瞻，他向往一个和平的南非，善良和宽恕是其中两条大道，希望美丽的南非永远、永远、永远不会再经历人对人的压迫，让自由主宰一切。他短短的总统任期，为南非的长治久安打下了坚实基础，消除种族鸿沟，推进民主进程，更为提高黑人的政治经济地位倾注心力。他倡导的包容与分享，已经成为南非国民意识的主流。

　　当然也不讳言，转型期的南非社会出现很多潜在问题，居高不下的失业率和严重的贫富差距，招致令人担忧的治安恶化，艾滋病发病率和强奸案发生率全球第一，凶杀案发生率全球第二。英国《经济学人》杂志2012年初曾以"南非犯罪率

连串的小凯旋门

居高不下"为题报道：南非每天大约50起故意杀人，100起强奸，700起盗窃和500起其他暴力袭击犯罪被官方记录在案。超过四分之一的18到49岁南非男性曾经实施过至少一起强奸。吴枫跟我们说，治安最糟糕的一段时间，约翰内斯堡城中的部分街区曾经一度成为空城。他还讲了一件事，几名来自国内的记者要去黑人聚居区采访，申请后当地政府派警察一路跟随，平安无事。中国记者感觉传说的治安不好纯属造谣，第二天又独自去了一趟，结果所有设备财物被抢，好在人身未受威胁。

我们去参观南非总统府时特意拐去了市中心的教堂广场。之所以说特意，因为以前教堂广场是游客必到之地，因为治安不理想，大部分旅行社取消了教堂广场之行，最多安排坐车缓慢绕行一圈离开。我们也是绕了一圈。吴枫提醒说，你们注意看，广场上聚集的都是黑人青年，表面看很平静，但了解情况的依旧选择谨慎地回避。他的提醒画龙点睛，不错，三三两两的黑人青年，不是行走也不是游玩，散聚或交头，一副游手好闲的无聊和得意，仿佛对每一辆经过的车子都觊觎着逼人逃离的目光。

教堂广场堪称比勒陀利亚乃至整个南非的缩影。布尔人长途迁徙后在此落脚，奠基了城市和国家的雏形。大迁徙领导人比勒陀利乌斯在此发表《生于南非的欧洲人爱国宣言》，广场从而被视为白人殖民和种族隔离制度的发源地。广场中央竖立南非（德兰士瓦）第一任总统保罗·克鲁格的青铜塑像，花岗岩基座四角雕塑四个头戴牛仔帽、手持长筒步枪、神态警惕的白人守卫，据说寓意"时刻警惕，防止黑人袭击"，展现一幅完整的殖民统治画面。四周荷兰风格古建筑鳞次栉比，第一座教堂、第一家咖啡馆、国家银行、百货商店、博物馆……所有建筑都刻下了殖民开埠的烙印。

如此种族隔离和殖民色彩鲜明的标志物，按一般人的理解，黑人掌权后应该摧毁铲除，但曼德拉政府原封不动地保存并维护修缮。历史无法摧毁，砸烂了最多残缺，尊重并用以警示，更显智慧和胸襟。毕竟是历史遗产，沉淀的精神，积聚着文化的基因。

我看到成群的鸟雀在绿茵如毯的草地觅食，甚至有松鼠机敏地凑趣。我们却不如动物自由，担心被侵害的紧张，坐在车里都凝固着神情。我没问吴枫是否真发生过什么不愉快甚至伤害事件，但我分明体会到他的神情也不轻松。

01 一个人的自由

比勒陀利亚都市风貌尽收眼底

比勒陀利亚市中心的教堂广场

South Africa

到了总统府总算舒了口气,但也被告知不要走散,更不要走太远。

总统府的准确名称叫比勒陀利亚联邦大厦,跟早期的所有建筑一样,也是敦实的花岗岩块石垒筑,因坐落在一处山上,更显气势宏伟。一条宽展的马路从总统府门前穿过,摆摊的黑人小贩随意地占据路沿。没看到警卫,只是大铁门紧关,清静得像等待开放的博物馆。正门前方,开放的阶梯式巨型花园,绿树成行,繁花似锦,尽现精美的风景画面。阶梯开始处矗立一座纪念碑,顶端塑立两人共同驾驭骏马的雕塑,预示英国人和布尔人一起统治南非。再往下走不远,南非第一任总理詹姆斯·赫尔佐格的铜像立在山坡花园中央。花园里散布休闲游玩的市民,除了外国面孔的游客,几乎清一色的黑人。

一位黑人摄影师正给游客照相,我略略站了一下,他客气地向我微笑,然后转身到一棵树下的皮包旁,掏出一个小巧的机器,简单操作几下,刚拍的照片被打印出来,几个黑人游客满心欢喜地离去。他又朝我笑了笑,一声汉语"你好",让我心潮激动。然后他又说了两个中国领导人的名字,惊讶得我只能点头微笑。不用太多的语言,一个微笑一个手势,足以令人尽释心怀。我甚至有了自由游走的冲动,反复警告的危险,没看到没遇到,而是相反的体验与

南非总统府的基座围墙

01 一个人的自由

感触，难道是表面的祥和蒙蔽了真相？

我更感兴趣于总统府门前的小摊贩，假如在国内，根本无法想象。我特地走过去转了转，五六个摊位，摆放了民族特色的木雕、鸵鸟蛋、小饰件等旅游纪念品。摊主多是妇女，客气地招呼，都能讲几句汉语，诸如"哥哥""姐姐""东西不贵""很便宜"，情真意切，运用自如，可以想象中国游客的多以及她们由衷的感情。她们及她们的摊位，犹如一张朴实无华的名片，让纷至沓来的各国游客感受到了南非人谋求自由、民主、和谐、繁荣的现实和希望。

从总统府往前走不远是使馆区，专门去绕了一圈中国大使馆。规模很大，

美观的阶梯式花园

南非第一任总理铜像

South Africa

青砖青瓦，灰色主调，典型的中式建筑风格，但孤立在西式建筑的包围里，却感觉不出独特的气质。倒是一路别墅式的民居引起了众人关注，街道整洁，绿化讲究，可每家每户都是高墙深院，而且每家院墙上都安装了电网。于是问吴枫，他轻描淡写，似有无奈的习以为常："都这样，为了安全"。

"一直都有吗？"我们刨根问底。

"不是，近些年兴起的，尤其是白人家庭，没有不安装的。"

后来，我们走过比勒陀利亚和约翰内斯堡的很多街区，独门独户的私家院落无一例外都有电网守护。我们也听到了这样的调侃：一个人自由了，其他人关起了自己。

谁都能悟出，这"一个人"指的是曼德拉，他的自由与别人的自我关闭，能直接画等号吗？人们的调侃反映了什么样的情绪和心理？

电网是可见的现实，缘于恶化的治安也是现实。再跟吴枫探讨，他先强调是社会转型时的副产品，后来又谈到一个现象：附近国家近年来大量无业游民涌进南非，一定程度上加剧了失业和社会治安的恶化。相比于南非，周边国家远远落后和贫穷，南非是他们的天堂，而南非政府又采取默许态度，更放任了游民现象的进一步加剧。

整体情况正一步步好转。吴枫强调得并无底气。人们最担心的是后曼德拉时代，他的威望和影响将能延续多久？他创设的新制度能够稳固多长？仇恨和报复的怒火并没有完全熄灭。

我理解吴枫的疑问和担心，我相信这绝不是他一个人的疑问和担心。

2013年12月5日，南非，约翰内斯堡。曼德拉，一颗影响世界的伟大心脏停止了跳动。南非政府为他举行了国葬，最后魂归出生地库努村。

去开普敦的桌山时，远远地可看到静卧在桌湾里的罗本岛，曼德拉曾在那里度过了18年的铁窗生涯，如今已成世界遗产和博物馆。曾经禁锢自由的监狱一夜间成了自由出入的旅游胜地，历史好像总在跟人类开着玩笑。只是，人类共同追求的自由，总是被自己残酷地剥夺。

曼德拉最能感同身受自由的宝贵和不易，正如他的一本书名：走向自由之路并不平坦。因而他呼吁：让自由来主宰一切吧！对于如此辉煌的人类成就，太阳永远不会停止照耀。

SECTION 02 企鹅企鹅

有了肯尼亚马赛马拉大草原的惊喜，再去南非的自然保护区看野生动物，确实提不起多大的兴致。但在南非观看野生动物的精彩，并不怎么逊色于肯尼亚的惊喜。南非人非常重视人与自然的和谐，全国划定了陆地自然保护区和国家公园403个，海洋保护区57个，分别占国土面积的5.5%和17%。南非几乎可以观赏到跟肯尼亚一样多的野生动物，当然可能看不到野生动物大迁徙的壮观场面，如果不先去肯尼亚，到南非不去自然保护区，一定很遗憾。

然而，南非的独特是肯尼亚缺失的，虽然肯尼亚也有海洋，但纬度的差异优越了南非偏爱了开普敦，那里的海豹，还有那里的企鹅，说惊喜已不足以尽舒胸臆，犹如人生的初夜刻骨铭心。

开普敦本身的故事就很独特，它是南非的第二大城市，立法首都，又是西开普省的首府。当年，第一批荷兰人在此登陆，开普敦成为西方殖民南非的落脚地和桥头堡。如今，仍是白人后裔的聚居城市，也是当年白人政府失去国家政权后唯一掌握地方政权的省份。

无论走在哪一条古色清爽的街道，旧殖民色彩的建筑迎风扑面，尤其大广场附近，运自荷兰的建筑材料堆垒一片西风欧韵。驻足片刻，便有误闯欧洲的惘惑，再走一走，难免深信自己确实身处阿姆斯特丹的街头。气势不凡的开普城堡，放在欧洲的任一城市都不逊色，那层叠块石的坚实构造，望眼过去即领略了劈风斩浪的白人落地为主的刚性韧劲。还有圣乔治大教堂、奴隶城堡、国会大厦和美术馆、图书馆……处处沉淀着鲜明的欧洲殖民地文化。

South Africa

然而，最能触动我的还是街道的整洁和秩序的井然，更有人与自然和谐相融的人居生态。国际的、历史的开普敦，汇聚了不同的肤色不同的文化，多元的神奇融会成现代都市清爽舒坦的魅力。大自然的眷顾，被人感恩地享受，并用爱护维持和回赠。

清晨，素净的街衢被春日的阳光妆扮得柔媚温暖，街头绿地鸟雀儿互相问候执礼，我看到松鼠调皮地攀沿树枝，跟行人的距离如同朋友般亲密。动物能自由自在地生活在城市，不仅说明安全，更预示对家园认同的不分彼此。第一眼的开普敦海岸，起伏的湛蓝里涌动黑色的丝带，近看才知是肥壮的野生海带，连绵茁壮着，配合着海浪一起汹涌澎湃。假如是中国的海岸，不说漂浮一层垃圾，起码看不到这般惹人眼馋的海水植被，一旦哪里发现了，早已被捞起做成了美味的盘中餐。

这么多的纯野生海带，为什么不采收，太可惜了，简直是一种浪费。这是我们的惯常思维，习惯到不经大脑即能脱口而出。我们正是这么询问陪同的刘

南非一个国家公园的大门

艳女士的，这位祖籍台湾的华人一定习惯了这个问题，回答也是脱口而出：南非人不吃海带，而且还不吃生长在海带下的鲍鱼。

"啊，真的假的？"同伴们一阵惊叹。作为中国人，乍一听谁敢相信，那么多那么好的美味，仅凭听已流口水了，任其自生自灭，岂止是可惜能了馋意的。

"不仅中国人觉得可惜，日本人更垂涎欲滴。"刘艳话藏深意，"曾有日本商人跟政府交涉，出资合作开发海带产品，但开普敦政府断言拒绝，进而划定保护范围禁止私自采收海带。被南非人一直视如海草的海带，因为利益的觊觎成了受保护的海洋植物。懂得营养讲究美味的当地华人，有时会从沙滩浅水里捡拾，一根都能吃上好几顿，肉肥味鲜，真是纯天然的营养品。"

听她这么一说，简直有点忌妒了。后来我们几度到过沙滩，也在好望角的海边看到了一根根一堆堆海带，的确又厚又宽又长，在国内从来不曾见过那么肥实的海带。直到离开南非那天路经海边，依然感叹着可惜与不解馋。

我不敢揣测，假如南非人喜欢食用海带会是什么景象，但我体验到了南非人与自然平等和谐的生活现状，甚至感觉到，他们太过容忍以至娇惯了身边的野生动物。虽然这次不曾亲历，但我看过很多有关狒狒肆意抢夺游客财物甚至致人死亡的报道。那天去好望角，看见路边许多狒狒，我不再惊喜而是紧张地关上了车窗玻璃。

"那是极端事例。"刘艳平静地解释，"在南非，人们爱护动物，动物也喜欢与人亲近，即便发生点不愉快，也是对平淡生活的有趣调节。今天咱们就去看开普敦比较有代表性的海豹和企鹅，近距离感受一下人与动物的和谐。"

昨夜一场雨，把空气洗涤得清净泽润。正值南非的初春季节，恰是气候宜人时。听我们赞空气，刘艳面有得意，连说开普敦属典型的地中海气候，冬暖夏凉，空调在开普敦是可笑的奢侈。然后话音趋弱："但阳光有点毒，紫外线强。"她的话音未落，我感觉几乎所有人都摸了摸头上的遮阳帽。

车子走不多远就到了海边，然后盘绕山腰，在山与海营造的景致里穿行。这时，海带与鲍鱼已不再馋人，空气渗染了海风的咸和山花的香，招惹得眼睛和鼻息你争我夺地享受色香味。上帝如此偏心，居然将如此华美的山海景观恩赐给了开普敦，心旷神怡的醉意，消弥了本该有的怨憾与妒嫉，仿佛仅仅一次

停泊在港口的游艇

一队黑人老汉在滑稽地奏乐与唱歌

第四章 南非

 的身临其境，已经供养了一生的爽心悦目。

　　观赏海豹的最佳地点在大西洋岸边的豪特湾。两山如臂，环抱一片平静水面，一排排的游艇闲卧水波，竟呈一湾豪华。山势险峻，裸岩展姿，植被稀疏，缓坡次第坐落色彩斑斓的屋舍，一派山城水乡的风采。码头摆满了小地

肥嘟嘟的海豹

摊,仿如一个小集市,不像国内旅游点的统一规范,但随意得热闹,一点不碍观瞻。五个黑人老汉一身大红大黄的着装,滑稽地弹乐歌唱,向一船船的游客卖艺讨钱。深蓝的海水不见一丝污染,白得透明的水母如水中开合的小伞,清晰的能见度,伸手都觉得亵渎了善良。不远处的防波堤上,起起落落密匝匝的海鸟,正举相机捕捉展翅的美丽瞬间,目光却被附近悬浮海面的一溜浮标吸引,之上卧满了肥嘟嘟的海豹,呀,一副懒洋洋晒日光的娇憨模样。同伴们欲往登船的浮桥走,好距离近一点观看,被刘艳叫停了脚步。"上船了,到海里去看,那边更多更好玩。"

船出湾口,海风啸啸,海浪涛涛,波峰浪谷的巨大起伏,已无法站在船头观景,平生第一次遇见这么大的海浪。遥远天际一堵厚厚的云墙,耸然如灰色的巨型山脉,舒缓了海的缈邈。巨浪撞击结晶的白色泡沫,波荡聚合,犹如蓝色海面上跃动的精灵。猛然的一片黑,初以为又是茁壮的海带,与白浪丰富了海的色彩。再看,却是一群群的海豹戏水翻跃,调皮可爱。

一片巨型礁石,高低错落,在海浪里起伏出没。灰黄的礁石上,黑压压地

South Africa

在海中愉快嬉戏的海豹

大批海豹聚集在礁石上，黑压压的一片

第四章 南非

聚满海豹，或仰或卧，或伸腰耍懒，或昂头爬行，肥硕的身子，笨拙的模样，真担心挪不到水里。而一旦入水，便成了灵动活泼的水手，沉潜浮游，如鱼得水。刘艳说，海豹潜水时，鼻孔和耳朵紧闭，屏住呼吸，如同睡觉一样，小海豹每隔十多分钟露水呼吸，大海豹可憋气30分钟才露一次头。它们都是捕猎好

O2 企鹅企鹅

手，在水下眼观六路，一般鱼类只要被发现，很快就成为腹中餐。

海水碧蓝，清浪排空，游船颠摇不已，围绕礁石群航行半周。海豹就在船边嬉戏，忽沉忽浮，半露水时伸长尖形的头，挤眨圆突的眼睛跟人对视，煞是顽皮耍趣。我真担心游船会碰伤海豹，但瞧它们柔软的身子灵动的劲儿，又觉得顾虑得天真幼稚。

"为了保护海豹良好的憩息环境，不允许上岛观赏。"刘艳低声提醒，然后又说，"你们仔细听，海豹的叫声像猪哼哼。"

但再仔细也听不到，海浪的歌啸甚至掩盖了人的欢叫，哪里能辨别如猪哼哼般的叫声，即便群起合鸣，也只能是为海浪伴奏的低音。登岛似乎妄想，别说不准，允许也危险艰难。剧烈摇晃的船身，站都站不稳；惊涛海浪的拍打，游都游不近；光秃湿滑的岩礁，爬都爬不上。自然条件约束了人力人欲，但政府依然警示，足见南非人保护动物的诚心诚意。

返回码头，那段防波堤上除了白海鸥，又多了一群鸭子模样的海鸟，海豹还在那里自在优雅地晒太阳，船员和游客是它们的伙伴和观众。我的内心油然

繁盛的野花

坐落在青山上的小镇

第四章 南非

生出隐隐的嫉羡，动物们如此近距离地与人相处，该是怎样的文化心态才酿造了归真返璞的生态？和谐与幸福，触手可及的真实，确实比天花乱坠的吆喝温馨。

一路走去，感触步步加深。山地的原生态，人居环境的自然调和，彼此互为因果。哪怕是路边的沙地，也是繁盛的野花，灿烂得迷神醉眼。我见过自己居住城市节日摆在路口的盆花隔三差五地减少，对比这路边的野生繁花，活得那么轻松，美得那么得意，我真为自己生活的城市羞愧。

中途选择了一家路边餐厅就餐，我提着相机走到路边。望海近山，水气萦树，花艳山石，居屋装点，幅幅斑斓画卷。步步皆美景，处处宜家园。走与不走，走在哪里，眼里都是绝世华美。这哪里还需要修建什么公园，大自然的音容笑貌，比人工的弄巧堆造润心养眼。我一步一流连，同伴们吃了一半我才回返，我调侃说美景饱了眼福，再饿一会儿，饥肠也没意见。

很快到了端坐在福尔斯湾的西蒙镇。镇子不大，比不上我们的一个小村，但整洁肃静，没有镇的规模却有城的素质。1982年某天，几只非洲企鹅出人意

02 企鹅企鹅

福尔斯湾的企鹅

企鹅太会选择家园了

料地来到这里的沙滩栖息筑巢,在当地居民的保护下生存繁衍,渐渐扩大族群,如今有了数千只。据说全球现存18种企鹅,小巧的非洲企鹅更显珍稀,总数已不到12万只。它们寻觅到这片宁静的沙滩做家园,谁敢说不是天意。

公路从半山穿越,在镇前岔出一条柏油路缓缓伸向海岸。树丛密实葱郁,居民的家屋零星点缀其间,一步之遥即到沙滩。拐个弯,树丛被矮灌替代,视

South Africa

野突然空阔。矮灌茁壮在沙地上，礁石横卧，丰富了生态。一条木栈道直通水边，专供游人步行观赏企鹅。未等走到沙滩，已有人惊喜地说在灌木丛里看到了企鹅，像捉迷藏似的躲在灌木下，瞪着两只小眼睛朝人窥视。再远望礁石和海水，隐约可见黑色的斑斑点点，部分水域甚至黑乎乎一片，近了才知，又是稠密的海带作祟。但中间确实有企鹅出没，而礁石上的黑斑点，则是一色的企鹅。

企鹅太会选择家园了。瞧这片自然生态，有浓密的树林灌木，有细软的草地沙滩，有错落的礁石岩屿，有丰富的海生植物，进可美食，退可雅居，有碧水可游，有细沙可卧，有草丛可躺，有灌木可藏，有树林可晃荡，有居家可造访，有兴趣时还可到公路上溜达溜达。

礁石上站一群，海水里游一群，沙滩上卧一群，不管站卧游走，尽显憨态可掬模样。企鹅的可爱，正在于憨态，笨拙的憨态，呆傻的憨态，笨得优雅，呆得笃纯，可笑而逗趣。

礁石上站一群

02 企鹅企鹅

黑嘴黑背黑腿黑下巴黑短翅，白脖白鬓白肚皮，黑白分明得可爱，不由得让人去联想中国的国宝大熊猫，真都是一副憨态模样。简单的黑白，简单的美，都一样珍稀如宝贝。

我紧盯一只刚从海水里拽上来的企鹅。先在沙滩上站片刻，摇摇摆摆地往草丛晃，走一时站一时，有时还回头望，继续长征般的跋涉，不大的坡都是艰难的考验，直到消失在灌木深处。我在想，一定去找它的伴去了。如果仔细观察，企鹅像鸳鸯一样成双成对，集结在礁石沙滩上的看不出，走进草丛灌木的，很少有单只独行的。我不知它们是否忠贞不渝，但瞧它们夫唱妇随同行同卧的厮守，无不透出恩爱不弃的劲头儿。

"它们一点不怕人。"刘艳见我跟得紧看得痴，过来分享我的感受，"听到它们的叫声没有？"她的疑问我不曾注意，但瞧企鹅老实稳重的样子，确实想象不出啼叫时的神态，更难想象叫声。

"非洲企鹅的叫声像驴叫一般，因而得了个'叫驴企鹅'的外号。"她说得趣味盎然，我却不信，可爱的企鹅怎么会叫出驴的声音？跟它的身份和相貌太不和谐了，我宁愿不听，更庆幸没听到。

但我更感兴趣的是它们不怕人。近在眼前，企鹅仍然镇定自若，走路不紧不慢。它们把游客当成了来访的客人，把人类视为了可靠的朋友。只有没发生过伤害，才有不惧和信任，但愿这种信任一直不变，一直延续。

这里是非洲企鹅的新家园，南非，开普敦，福尔斯湾，西蒙镇。

那片树林，那片矮灌，那片草地，那片沙滩，那片礁石。

那片海，那片蓝。

望好望角

好望角犹如一把伸进海面的利剑，毅然将大海劈开，剑锋以东是淑静的印度洋，剑芒以西是澎湃的大西洋，性格迥然的姐妹，却又亲密得水乳交融、浑然一体、难解难分。

如今的好望角已是开普敦的标志，南非的标志，甚至是非洲的标志。到了开普敦不去好望角，不只是遗憾所能描述的，那是一个走过一次便会令人着迷的地方，不曾去过的话更是惹人向往、诱人梦寐的地方。

顾名思义，好望角妙在一个"好"字，贵在一个"望"字，那个角，预示了路程的遥远，明示了陆地的末端。如果仅从陆路的方位观赏，的确是一处望海赏景的绝佳地点。海天一色，浪涌鸥飞，岩崖壁立，植被葳蕤，更被认为两大海洋的交汇地，黑非洲的最南端。然而，假如从海上观察，定有别样感受，如果较真追溯名称的来由，恐怕会惊讶：真实总是被人的善意抑或欲望扭曲甚至颠覆。

根本原因在于，我们纯粹是观景的游人，只来感受大自然的美丽壮观，乐享西方人冒险后的新发现。而西方人冒险的初衷，是为了寻找一条通往东方的航线，去掠夺财富。1486年，葡萄牙航海家迪亚士率三艘船绕行非洲大陆，抵达这片海域时遭遇狂风巨浪，漂泊数十昼夜，被海浪幸运地推到一处伸进海里的岬角边，才幸免于难。惊魂未定的船员归心似箭，再不愿继续前行，迪亚士只得回头，但这个岬角，他给了个"风暴角"的名号，真实而形象。

十年后，另一位葡萄牙航海家达·伽马再次率船队探索新航路，他们踏着

好望角的有轨缆车

居高临下回望山野

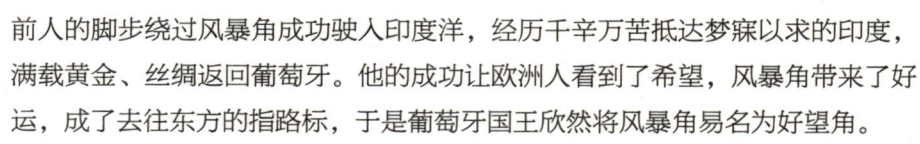

前人的脚步绕过风暴角成功驶入印度洋，经历千辛万苦抵达梦寐以求的印度，满载黄金、丝绸返回葡萄牙。他的成功让欧洲人看到了希望，风暴角带来了好运，成了去往东方的指路标，于是葡萄牙国王欣然将风暴角易名为好望角。

诡异的是，被世人尊称为"好望角之父"的迪亚士三年后再行船到此，又遇狂风巨浪，却没能再次幸运熬过，遇难在好望角海域。命运跟他过不去，假

South Africa

如不易名呢？名副其实得自然而然，或许是他的保护神呢！

我们去的这一天风和日丽、碧海蓝天，只在海岸边看到一波波的涌浪，深海里风平浪静，航行的货船如固定了一般，激起的浪花似乎都温柔得虚情假意。这般的宁静祥和，如何也不能让我相信好望角海域常年有风暴肆虐。

"不仅有强风暴，还有一种怪异得令人恐怖的杀人浪。"刘艳像背诵导游词，口若悬河，"杀人浪的前部犹如悬崖峭壁，斧劈般陡峻危耸，后部则像舒缓浩漾的山坡，远看气势壮观，临身必是灾难。杀人浪的波浪高度一般都有15到20米，喜欢冬季里频繁出现，加上极地风引起的旋转浪跟着凑热闹，两种海浪一旦叠加在一起，整个海况恶劣得堪比惨烈的战场。更可怕的是，这里还有一股很强的沿岸流，当巨浪与海流相遇时，整个海面如同开锅一般碧浪腾空激荡翻滚，再大的航船一旦遭遇，都如同闯荡鬼门关，惊心动魄危险重重。"

后来从资料得知，好望角肆虐的风暴缘于奇特的地理，恰是这个纬度，终年受强劲的西风掌控，环球一周没有一寸陆地，纯粹的海洋给西风提供了酣畅淋漓的舞台，以至深邃的海水已被驯服得终年环绕地球从西向东奔驰，夏季狂风咆哮，冬季寒风凛冽，几无安生之日。

正是风暴的名声，加大了好望角的神奇名望，慕名的游人纷至沓来，但确实又没有几人愿意在狂风怒号里观赏风景。

起码我不想，对风暴的幻想比亲身经历舒心畅意得多。天公也恩赐我们，春和景明，春山如笑，满目撩人的春色。车子离开西蒙镇的企鹅滩，又盘行在山腰间，忽儿翻上山脊，海在远处湛蓝。渐渐没了人居踪迹，树也逐渐变矮，裸露的山岩光滑着表面，仿佛一切都被四季的狂风欺负得缩手缩脚面目可怜。

出西蒙镇不远，路上横一栏杆，旁边一座块石垒筑的简陋平顶屋，原来是去好望角的大门。整个好望角地区已被划为自然保护区，早年只能步行前往，如今一条窄狭的柏油路盘曲在低矮的灌木间，也是适应旅游需要修建，不知对自然的破坏有否基本的评估。当然，政府理直气壮，宣称可用旅游收入更好地保护生态，只要论述理由，总是冠冕堂皇。

"好在，游人被限定在路的范围，不准踏进灌木林和山地。"刘艳说，"保护区自然生活着很多野生动物，羚羊、斑马、狐狸、狒狒、鸵鸟……犹以狒狒和鸵鸟居多。"没走多远便在路边遇到一群狒狒，悠闲自在地觅食。因为在肯尼亚马赛马拉见到过太多的狒狒,更因为知晓好望角的狒狒不好惹,打劫游客的事件时有发生,于是看一眼赶紧离开。再走,灌木丛里几只鸵鸟吸引了兴趣,它们似乎也不怎么怕人,径直朝行车的公路走来,长长的脖子一伸一缩,眼睛圆溜溜地转,似在琢磨我们这群人的来历。

视野极好。矮灌丰满了土地,又不遮挡视野,葱郁里有裸露的地皮,山石点缀其间,铁锈色的地与石,仿佛印证了风雨的强烈。行走间,有恍若到了川西滇西北高山草甸的感觉,尤其是那些低矮灌木,仿佛川滇高山上的野杜鹃,只是好望角灌木林中的野花更繁杂些,或满树的花,或丛生的花,或大或小,或明艳或淡雅,特别是南非的国花山龙眼(帝王花),圆团团的树冠绿意浓烈,大黄的花朵遍布枝头,宛若俊美的姑娘装饰在头上的艳丽花冠,漾心醉眼。

有资料显示,好望角地区生长着1500余种植物,堪称存续完好的植物宝库。自西方人发现好望角后,数百年里这片土地一直保持着原生状态,从古延续的原始植物群得以完整生存,或许这些矮生灌木的祖先跟地球最原初的生命同岁。物种进化论的创始人达尔文曾专程来到好望角,考察这里的植物资源及物种进化情况。我不知道这里独特的生态和丰富的物种是否给了他灵感,但他专程而来的举动,已经说明好望角的独一无二。

但行走之间,能明显感知好望角生态环境的脆弱,那些茁壮的灌木,能在蜂拥的人流和不息的车轮日积月累的造访下存活多久?它们的呼吸能像祖先一样酣畅均匀吗?气候呢?全球变暖的噩耗,它们意识到了吗?加上经年风暴的助纣为虐,它们还有过去一样的生存条件吗?沙化有点耸人听闻,恐怕会更低微地收缩身子,更贴近大地的锈色和山石的干硬。

一个长长的缓下坡,大西洋浪花一样卷涌身边,又翻一座山脊,再缓下,在岛的细腰处建了个停车场。少不了卖纪念品的商店,我最感兴趣的是买几张明信片,然后加盖好望角的纪念邮戳,那可是难得的或许是一辈子的唯一。好望角还在远处,可步行,可选坐有轨缆车。斜上的并不陡却有点远的坡度,震住了很多赶时间又怕辛苦的游客,缆车的生意趟趟满载。其实,沿讲究的步道走上去,慢慢感受沿途不同高程不同角度的景色,不失为明智的选择。

沿坡的植物远胜于路途,不仅有矮灌,更有茂盛的树林,虽然都不高大,

老灯塔犹如悬在天上

201 第四章 南非

O3 望好望角

一片块石垒筑的墙体

好望角势如卧虎

但也蔚然壮观。下缆车,已居高临下,回望来时的山野,近观身边的大西洋,空阔无际。朝前望,老灯塔犹如悬在天上。朝西走下几层台阶,一大片块石垒筑的墙体,及成人腰高,次第下沉,像战壕,像堡垒,填土能成梯田。风暴之地,又少人烟,显然不可能有造田妄想,但这显要位置,倒有驻守扎营可能。而且,不像专为方便游览所筑,看似有过去遗留下来的痕迹。我没问刘艳矮墙

South Africa

的来历，缘于感觉揣测得有点眉目。

　　站在此处往右看，突出在海里的好望角势如卧虎，中间的迪亚士海滩浪白沙细；往左看，裸石层叠出数百米的悬崖，年复一年的风暴摧残得崖壁千疮百孔、面目沧桑，只有那些无畏的海鸟振翅驭风，落停在崖层缝隙间，把野莽苍

浪花与礁石描绘的画作

最远的岬角开普角

03 望好望角

凉的岩壁喧腾得热闹非凡。老灯塔在崖顶高高亭立，如久经风雨的老人，稳重而踏实。瘦长凌峭的岬角远远地伸向海面，汹涌的海浪一波波地冲击崖壁，回卷的浪花营造出海面千态万状的图画。

伸进海里最远的岬角叫开普角，又叫迪亚士角，因它的狭长和距离更远，总被人误为那就是好望角，反而真正的好望角因短且不如开普角有气势，常被忽略。

沿阶梯攀上，废弃的老灯塔成了极佳的观景台。举目四望，浩浩淼淼，辽辽阔阔，秀美山川，无际海洋，诱人留连。

远海平静，波澜不兴；近海涌浪，怒卷腾空。有海船在平静里，似停舶似航行，虚渺如幻影，嵌在山样的云层里，仿若固定的海市蜃景。那是一条对西方人来说不可或缺的黄金航线，尤其是苏伊士运河未开通前，再大再凶的风暴也阻拦不住掠夺的贪婪，即便今天，特大型的商船依然要绕过此地，才能抵达他们一直觊觎的东方。

朝东望，福尔斯湾的另一端清晰可见，两个岬角像一双手臂，温柔地怀抱着一湾碧水。再朝东，一个个岬角依稀，越远越伸得顽强，那最远的一个，会是厄加勒斯角吗？直到站在了好望角的老灯塔边，我才跟许多人一样，弄清了非洲大陆的最南端并不是好望角，而是更南的厄加勒斯角。只是，好望角的绝世名望，以及几乎已被固化的认知，弱化甚至消弥了厄加勒斯角本该有的名气。南非人说，厄加勒斯角名不兴气不扬，景色也远不如好望角，虽错但错得美丽，索性继续美丽。

老灯塔旁站立一块天然巨石，石面上密密麻麻布满各路游客的涂鸦，文字太杂，认不清哪国哪个民族的语言，想必也是某某到此一游的意思。一直以为这是中国人的恶俗，谁知世人皆有雁过留声的癖好。我试图找到中国字，顽固的石头给了我欣慰，但在一旁的木柱上，猛然撞进一个中文人名，跟一位领导人的名字一模一样。我知道这位领导人不曾到过好望角，也不可能是某人的恶作剧，中国人扬名哪会扬别人，一定是司空见惯的重名造成联想的错觉，然而搁在此处真是叫人哭笑不得。

木柱上端悬箍十块木质标志牌，分别标注了世界十座著名城市相距此地的路程，当然有中国的份儿，从上往下数的第二块木牌给了北京，箭头一端篆刻

废弃的老灯塔成了极佳的观景台

03 望好望角

大写的英文：BEIJING 12933KM（北京12933公里）。

　　绕过老灯塔，可以继续往岬角方向去。咫尺之遥，两边都是悬崖，犹如在黄山攀爬天都峰，当然景色气势迥异。海涛声声，比松涛撼魂，海风也比山风凌厉，齐腰的矮灌作了挡墙，又成未知的陷阱。步道终止于一块石碑，据说刻写了灯塔的历史。从此前望，接近海面的山岩上有一座新灯塔，再往前数十米即是岬角的最前端。从此回望，老灯塔所在的峰顶峻峙巍然，层叠的裸岩仿如人工垒起的金字塔，灰黄的色泽沉淀了历史的风霜。

　　再看海面，一丛丛的波浪，仅从表象都能看出洋流的方向。西边的崖壁下海涛卷雪，东边的崖壁下静若小湖。大西洋和印度洋，相邻互通，却真如暴君与淑女之别。我多看了印度洋几眼，却又感觉它像个受气的小媳妇，永远那么低眉温顺，仿佛些许反抗都没机会。好望角的海洋生态，真像数百年的东西方关系，一直呈现西方欺压掠夺东方的态势，东方人博大的胸襟包容了蛮横，正如印度洋收服了大西洋狂怒的洋流。

好望角北边的礁石堆

South Africa

回到停车场，刘艳问看没看到海豚或者海狗。当然没看到，不知道有，知道也没充足的时间。运气好的话，这个季节还可以看到鲸鱼游弋，鲸鱼喷出的水柱真的很漂亮。她这是在吊我们胃口呢！早不说，起码可以刻意地望几眼，运气总是留给有准备的人。其实好望角有很多步行通道，时间允许的话，慢慢

数十米的白浪连番咆哮

四根木柱支起的长形木牌

03 望好望角

走一走会有更多惊喜。时间的不自由，是最大的不自由。

我们乘车到了好望角北边的砾石滩。另一边的迪亚士海滩细沙如银，这边却粗沙大石黑礁滩，更有尸横遍地的干海带。凶猛的海浪似乎痛恨礁石的阻拦，一波一波地冲撞，数十米的白浪连番咆哮，绽放短暂的水的繁花，惊惹得停满礁石的鸭形水鸟反复地起飞降落，勾画了一幅海鸟与海浪打趣逗乐的嬉戏图。

我看怔了。那么多的水鸟，那么高的海浪，那么银亮的浪花，那么密实的海带，都是我的初恋，我要把它们装进相机、印进大脑、融进情感，我要在以后的梦里欣慰，我要在文字里赞美。

同伴们在远处拼命地吆喝我，原来要留个集体照。那块四根木柱支起的长形木牌，照个相是要排队的，轮到了我们，耽误不得。开普敦人只在乱石滩上竖了这么一块木牌，供游人照相留念，再无其他旅游设施，尽量保持原生态。木牌上是红底黄字的大写英文：CAPE OF GOOD HOPE THE MOST SOUTH-WESTERN POINT OF THE AFRICAM CONTINENT 18°28'26" EAST 34°21'25" SOUTH（好望角 非洲大陆最西南端 18°28'26" 东经 34°21'25" 南纬）。

到过好望角的人，都知道了这里不是非洲的最西南端，但每一个去过的人宁愿相信是真的，尽管是个错误，也是个美丽的错误。

South Africa

SECTION 04 桌山的桌

　　开普敦可去可看的景观很多很多，但两个地方必须得去，一个是好望角，一个是桌山。无论不去哪一个，都是缺憾，都是不完整的开普敦之行。

　　桌山近在城边。完全可以说，开普敦背靠桌山面朝大海。如果没有桌山，开普敦会很平庸；如果没有大海，开普敦会很逊色。桌山撑起了雄伟的脊梁，海洋滋润了秀美的模样。有了桌山和海洋，开普敦的美才显得雄浑大气，才显得端庄娴雅。

　　从城外很远的地方，甚至在好望角，都能看到桌山的巍然雄姿。桌山是开普敦的制高点，海拔1088米，仿佛上帝设计的吉祥数字。从接近海平面的地方缓慢爬升，植被由浓郁到稀落，越近跟前越觉得苍凉。半山以下，基本被低矮的灌木覆盖，之上峭拔而起，突兀几乎寸草不生的裸岩。坡地上落石遍野，好像岩层从来没有停止过碎裂，看一眼都觉得危险。然而正是这种裸和险，造就了桌山的气度不凡。

　　攀登桌山可徒步，可乘缆车。据说徒步需要三四个小时，更有许多攀岩爱好者，花费更长时间磨炼自我，挑战自然，那矫健的身影岂不是桌山的新景观？可惜我们这次没有遇见。来南非几日，感觉这里的人非常热衷于与自然亲近的运动，比如每次行走在公路上，都能碰到全副武装的骑行人，周末更是成群结队。大自然恩赐的绿野碧水、清新空气，被南非人骄傲地悉数收纳。

　　乘缆车要快速得多，但时常得排队等待。起点几乎在半山，有公路穿过，停车场不大，流水作业般你走我停，旁边有各色小商店，可以让游客打发时

桌山气度不凡

桌山缆车

间。缆车两条线，上下同时出发，在中途交汇，游戏一般有趣。缆车的模样儿憨态十足，圆圆的厚厚的，像夸张的硕大月饼，每天诱惑着桌山的胃口。

我们去的时间很好，不早不晚的半下午，上山的游人已经不多，买了票很顺畅地上了缆车。刘艳说，清晨的桌山常常被云雾遮掩，远观犹如上帝给桌山披上了飘逸的轻纱，妩媚妖娆，但身临其境却云雾缭绕得不见真貌，因而最好

South Africa

选择下午登山。听她这么说，我却有点遗憾，晨起的云雾，别有一番意境，最好云雾里徜徉桌山，静等云开雾散，感应幻灯片般的全景桌山。

　　缆车站所在的山腰，已能俯瞰市容市貌，一大片红屋脊的别墅从脚边漫波往下，掩映在葱郁的树林里。高楼相对聚集在市中心，好像西方许多国家的城市都是这种布局，不像我们中国的城市高楼错落在角角落落，或遍地开花，拼命争抢着高度，雷同的品貌让人疲倦了审美。西方风格的开普敦，一样鲜明着西方城市的空间审美和功能划分。

　　缆车起动后，不必刻意选择站立的方位，因为缆车自动旋转，每一个方向的景色都入眼底。五分种的行程，整整旋转两圈，些微的缺憾是变换的高度影响了观景的视角，致使有的景色错失了拍出佳照的角度。最让我感兴趣的是，缆车居然配有专门的司机，少见多怪的我盯住司机看了半天，也没弄清楚到底他的作用何在。这条二十世纪末重新修整的索道，历史可以往前追溯将近70年，足见桌山的旅游设施一直超前着时代。

云雾如飘逸的轻纱

从桌山俯瞰开普敦

满腾腾的人。我怀疑其中不少人是专门选这个时间上山欣赏夕阳晚照的。桌山早晨云雾的缭绕，影响不了傍晚灿阳的艳抹浓妆，也可能正是由于云雾的滋润和抚慰，才辉煌了夜幕前晚霞的美丽绝伦。

走出缆车，心突然安实了，刚才悬吊在空中的胆颤，被眼前的平展安抚得气静心沉。当然不是一马平川，但起伏不过尔尔，略上略下的地貌，增添了行走中的变换与乐趣。乍一望去，犹如一片乱石滩，石形千姿百态、千奇百怪，高不过人身，如果形容成矮石林也算恰如其分。植被见缝插针，茁壮着绿色，灿烂着繁花，丰富了视野。

缆车附近建了些设施，供游人休憩。走累了坐下要杯饮料，空旷大气的美在身边荡漾，远海近山，鸟语花香，风都携带了醇醇的舒坦。

我停不下脚步，喜欢游走的人，做客总是短暂的，更因为刘艳给的游览时间很短，即使想多走一会儿多待一时都是奢侈。

朝南的山崖边沿，砌垒了齐腰高的石垛，近前俯瞰，悬壁深切，直抵海边。一条恢宏的山脊，壁立的身姿，紧贴大西洋延伸，最远最远的岬角，就是

South Africa

享誉久远的好望角。大西洋海浪腾起的水雾，浮升缥缈，若轻烟漫空。起伏浩荡的山峦模仿海浪的气势，朝东朝南高低向背，尽显重峦叠嶂。

朝西望，一座峰尖宛如巨型乳头的险峻山体突兀在桌山与海洋之间，滑稽得惹人联想，逼真得逗人窃笑。山峰拖起一条圆浑的山脊，乍看去犹如一头静卧的雄狮，昂然傲视汹涌的海浪，毅然迎候狂啸的海风，为开普敦遮风挡潮，营造一湾宁静温馨。后来刘艳说，那座山叫信号山，那座峰叫狮子峰，桌山东侧那座伸出去像手臂的山叫魔鬼峰。三山的环绕，将开普敦婴儿般呵护在怀里。

朝北望，俯瞰是开普敦主城，远观是绵绵群山，狂暴的大西洋终于在这里安静地弯进一片水面，为开普敦提供了一处天然深水良港。山叫桌山，湾也随了山的姓，名桌湾。水雾里一块岛屿卧波，那就是曾经禁锢南非国父纳尔逊·曼德拉的罗本岛。

我是想去罗本岛走一走的。据说一些讲究风水、信奉运命的中国人忌讳，说是官员去了会时运不齐、官途多舛，商人去了则事事不顺、"钱"途茫茫，

桌山不是一马平川

04 桌山的桌

信号山狮子峰

因为那是监狱，而且闻名世界，剥夺自由的阴森之地，哪能舍身而进？我不说他们愚氓，也不笑他们蒙昧，而是觉得太一根筋，脑子适当活络，反向思维：那是出产名人伟人的监狱，那是释放自由的摇篮。官员去一趟，当不了总统也能官运亨通；商人去一趟，成不了富翁也可财运亨通。

罢罢，再说下去也有了俗气味，桌山肯定不喜欢迷信与矫情。

趋于天然的人行步道蜿蜒在嶙嶙怪石间，野花在身边含笑。瞧山石，还有裸露的山体，表面都呈淡黑色，干死的白色苔痕，斑驳了黑石的色泽，偶尔还有铁锈的颜色。黑石上或有孔洞，或有裂痕，仿若被熊熊烈火烧炼过一般。我见过古火山遗留的岩石地貌，桌山的黑岩石虽然不突出，但依然特色鲜明，归于古火山的功劳，应该偏差不了多少。

然而我更感兴趣的是葱茂的植被。有一些树，但也尽量收缩着身子，努力与地面亲近。灌木四处抢占地盘，与野草竞争着每一把泥土每一条石缝。刘艳说桌山丰富的植物资源令一些慕名而来的学者也目不暇接、欣喜若狂。原始的生存状态，存续的古老因子，支撑了桌山植被的与众不同。强劲的海风、突兀

South Africa

的高度、干爽的地质……共同制约了植被的生长，它们紧贴地面，根系发达，搜索接纳尽可能多的营养，维系家族的兴旺和族群的繁衍。我望了望热情的太阳，纳闷如此地表肯定存不住天赐雨水，而山上的植被只能依靠雨水滋润，干渴对植物们而言早成家常便饭，顽强与忍耐铸炼了生存能力。第二天清晨看到桌山上的云雾，我突然觉得担心和忧虑纯属多余，上天创造了桌山，一刻儿也不曾怠慢，那缭绕的云雾不正是每天雨露般的浇灌吗？生长在桌山，做一棵树都心甘情愿。

那动物呢，是不是也很舒适安逸？我们先看到旋飞的鸟，又看到石岩上爬动的小蜥蜴，黑色的身子，机灵着圆眼，与人对望彼此好奇。我扬了扬手，它并不惊慌，淡定的神情略含轻蔑，好像在说早已领教了你们人类的那两下子，张牙舞爪只不过是故弄玄虚，喊！

而憨态可掬的岩兔更把我沉醉了。它就懒卧在离我不足两米的岩石上，安闲的姿态让我激动得有点忌妒。我向它打了声招呼，岩兔歪头看了看我，似在

憨态可掬的桌山岩兔

问：有何见教？我却被它发问的表情惊愕了，一时无语无助。岩兔重又恢复舒服的姿势，泰然自若地享受今日最后的一段阳光。

名为岩兔，但看上去确实跟印象中的兔类不同，短而小的耳朵，嘴也没那么尖，黑色的小圆眼，棕色的短毛发，腿也短小，只有腰身显出点兔子的模样。头脸倒有点像小熊，毛发也能误导。如果远看的话，还有点像水獭，但确实比水獭漂亮。偶然的正面相，又有点鹿的灵性。但它是岩兔，从没见过的南非岩兔，桌山岩兔。我没细究，或许是南非特有的一种可爱动物。

轻柔的山风吹拂着岩兔的毛发，面阳光而卧，看尽了世间浮华，经历了自然冷暖，依然那么雅静地感受阳光。它们有天敌吗？我抬头望天，不见鹰鹫的身影；再低头看石缝，更没有蛇的踪迹。岩兔休息的神态那么安详，一准是少有外敌的侵害。或许只有人类，天天轮番惊扰它们宁静的家园，久之，岩兔已习惯了人类的造访，好在没有生命的危险。它们一定天真地把人类当朋友看待了。我倒担心，缺乏天敌的考验，岩兔是否退化了灵活的身段和矫健的步伐。好在，复杂的岩层结构，为岩兔提供了随时避险的掩体，它们早已熟知了家园

桌山上的鸟

South Africa

闲坐桌山的姑娘

的每个角落，一动不动地懒卧，或许是迷惑敌人的假象呢，一旦有险情，岩兔即刻就会暴发惊人的速度和敏捷。

本能，永远会在基因里遗传，环境的适应，会磨砺出新的本能。

我试图挑逗岩兔的本能，但还是打消了念头。何必让岩兔的本能里刻下东方人的恶毒。来到桌山，我们喜欢骚扰动物的本能应该适应这里的环境，磨砺出和谐共处相安无事的善意本能。

再看那些鸟，它们也习惯了桌山上的和谐共处。鸟儿们随心可意地飞落，在岩石上，在树枝上，在人类休息的桌椅上……跟人类那么亲近。我看见一只鸽子样的黑鸟站在一个正吃零食的孩子身边，歪着头目不转睛地窥视孩子手里的食品袋，仿佛时时准备图谋不轨或获得施舍。一位白人姑娘，手捏半块饼干，半蹲在层叠的石台旁，满面欢喜地喂食跟前的鸟儿。鸟儿一口一口地啃啄，啃得畅心快意，啄得安心得意。忽儿又飞落一只，歪头看了看，也不客气，跟先来的一起分享美食。我几乎看愣了，恍若故乡邻家小姐姐在喂食家养的母鸡，直到手里的相机响了快门，才清醒了眼前温情的现实。

04 桌山的桌

漂亮姑娘摆出美姿留影

　　我们也跟着尝试。显然鸟儿们还不曾有先进的通信，东方鸟儿的遭遇还没有传递到南非，这里的鸟儿们没有畏惧我们这群来自东方的客人，大大方方地与我们近距离亲密，让我们获得了受宠般的惊喜。

　　有了好心情看哪里都美滋滋的。瞧那突起的岩石，在翩翩起舞吧，是下凡的仙女自塑的舞姿？再看那边，像不像威猛的武士，是仙界巡游的天神遗留的盔甲？还有那边，那边，多像一头象，一把剑，一只鹰……大自然的杰作，被想象力拟人得神丰骨秀、异彩纷呈。我宁愿相信这里是天神聚会的乐园，只是大自然模仿了一部分场景。

　　漂亮的姑娘们摆出美姿留影，半老的也秀着岁月的风韵，谁会错失这醉眼爽神的景致呢！更有情侣相偎呆望，也有捧书的以山石做桌椅，把大自然当课堂。错落的岩石为游客提供了走站坐卧的场所，尤其是朝北的山崖边，不像南边那么急转直下，而是层叠出和缓的山势，许多地方不仅没有防护墙，连警示

South Africa

情侣相依相偎

牌都不必设置，奇巧的山体给了游客选择观赏角度和方位的自由，常常是转过一个山石，前面坐着一对情侣，空旷的视野，让他们相偎得更密更紧。

真想再多走一会儿。继续向前，该是怎样的一番景致？夜幕下的万家灯火该是怎样的一种精彩？抬头会有满天星光吗？云雾呢，该是何时漫上桌山，引天神们到此欢颜？

那座标明各国及大城市的方位盘，似乎另类了桌山的生态，人工的刻意，总是跟大自然天壤悬隔，弄巧成拙的艺术，只有人类自己相互原谅。我在上面很容易就找到了中国的方向，万里之遥，却又觉得就在眼前。

坐到车上了，我还是回头看了一眼桌上，夜幕朦胧，云雾正在酝酿，桌布样铺上去的刹那，天神们一定会乘云驾到。

桌山，被誉为上帝的餐桌，其实也是人类的供桌。

SECTION 05 守鹰老人

我向来喜欢亲近纯粹的大自然，越是原始纯朴越能勾魂引起兴趣。记不得多少年了，在国内再没走进过人工打造的城市公园，哪怕已经不收费的，假如有人邀请也会想方设法婉谢。所以，一说要去看开普敦植物园，心里别扭得憋屈，又不好扫同伴们的雅兴，权作陪同。

然而仅仅半日，我便自我颠覆了刻板而顽固的观念，近乎天然的开普敦植物园融开了我坚冰般的心境，让我领略了人力的杰作也能像纯自然一样，不是原生态又似原生态，和谐得天衣无缝，交融得不分你我。

后来查阅资料，才知道开普敦植物园的盛名，也足见我的孤陋寡闻。作为世界上最好的七座植物园之一，与英国丘园、美国纽约植物园、美国密苏里植物园、澳大利亚皇家植物园、俄罗斯圣彼得堡植物园、英格兰爱丁堡植物园媲美齐名。2004年，开普敦植物园被联合国教科文组织列为世界自然遗产，是世界上第一个享此荣誉的植物园。南非第一位黑人总统曼德拉曾自豪地称赞，开普敦植物园是"南非人民献给地球的礼物"，堪称非洲最美丽的花园。

踏进植物园不久，我便在想，为什么偌大的中国营造不出这般规模和高端的植物园，哪怕名列世界第八呢，总算有个名位，也好跟强盛的国力同步，也好让奔小康的国民自豪，也好给领导人机会题赞。可惜没有，我踟蹰了一时，遗憾返回故乡后的脚步，是否还会被固有的不进城市公园的心态禁锢。

从开普敦市区去植物园，几乎围着桌山绕行，丰茂的植被遮掩了视野，好像路途上经过了开普敦大学的门前，校园正好坐落在桌山脚下葳蕤的森林里，

第四章 南非

开普敦的原野处处像植物园

几乎围着桌山绕行

印象跟植物园仿佛连成了一体。

植物园大门附近的建筑也被林木护卫，房在林中，绿在房边，进门后的木架通道上也挂满了栽花的吊篮，每一个细节都独具匠心地趋向自然而然。那些房子、道路甚至路边的木椅，好像完全筑造在自然环境里，仅仅为了方便游客，才有了人工的符号。不是人类培植了植物园，而是闯进了天然的植物王国。

规模太大了，种类太丰富了，环境太天然了。一直走下去，就能走到桌山顶上，植物园的植物与桌山上的植被完全交融，成了桌山多层次立体植物带的一部分。583公顷的面积，分布了一万余种植物。开普敦本地的特有植物，南部非洲的旱地植物，雪山上的耐寒植物，甚至还有仅生长在中国和日本号称植物"活化石"的银杏树。室内的，露天的；肉质植物，鳞茎状植物……根据不同类型和特点，分设不同的主题花园，给人印象最深的是专为盲人修建的"香水园"。

"这么讲究的植物园，政府真是独具匠心慧眼。"不料刘艳纠正说："这个植物园最早属于私人财产。早年西方人登陆开普敦，开山垦荒，大肆砍伐原始林木，自然景观迅速恶化，于是便在桌山东坡设立了一块保护地，禁止采伐。后来开普敦殖民地总督塞西尔·罗德斯花费九千英镑购得此地，逐步规划成植物园，并在遗嘱中明言作为遗产捐赠给国家，从而成为南非第一个对民众开放的植物园。"

植物园最早属私人财产

"先去南非的国花花园看看吧！"刘艳边建议边引导，我猜想她一定对很多客人都是这么建议的。植物园面积大，植物品种多，没有多少人能够一次走遍全园。相对于草本植物，花更能引起女士们的兴趣，何况又是南非国花呢！

"在好望角已经认识了南非国花帝王花，但植物园的帝王花品种更齐全，色彩更艳丽。"刘艳说，"南非的帝王花多达350多个品种，而开普敦植物园至少汇集了一半以上。帝王花被誉为花中之王，因它巨大的花魁、优雅的造型、绚丽的色彩尤其是能盛放数个礼拜的长久花期，无论是园林种植还是家庭盆栽，抑或鲜花和制作干花，都是绝佳的名贵花卉。"

两排高大粗壮的香樟交连出浓荫蔽日的林荫廊道，幽馨的暗香浮扬盈动，人如裹在香风里。绕行离开香樟廊道，走不多远，满目鲜花，姹紫嫣红，人如浮在花海里。一步一景，几步一花，只觉都美，美得眼花心迷。只有菊类的花儿能认识，其余再也叫不出名字，如同走进了美女群，想当花痴却成了花痴，虽然入迷但傻得无知，欣赏、亲近、抚摸……花不羞人人自羞。

一丛丛一片片，族群般聚居，虽比邻相望，仍你比我争，比试着强弱，夸耀

南非国花帝王花

05 守鹰老人

一步一景几步一花

着品貌，竞争着名声。动物界有王，花界也有花魁呢！谁不想当最美的花呢？

"认识这是什么花吗？"刘艳停在一片花丛边问。同伴说："这不是鹤望兰吗？"这么一说，大家都点头，确实见过，但也确实没刻意记过花名，然而一说又知道。"瞧那酷似仙鹤昂首眺望的美态，真的是形神逼真、栩栩如生。"于是刘艳肯定道："因而它还有一个美丽的名字：天堂鸟。这种花的原产地就是南非，因为花形奇特、色泽艳丽而且花期又长，深得南非人喜爱。更值得一提的是，天堂鸟被南非人看作是自由与吉祥幸福的象征，因而南非人又给了它一个新名字：曼德拉花。"

"鹤望兰，天堂鸟，曼德拉花。"一群人嘴里嘟囔着，伴着相机快门的脆响，油然而生喜欢后的敬重。花因人而名，人因花而恒，是花的幸福，是人的颂碑。正因花的寓意和象征，因花的美姿和人的喜爱，因追求与向往，因铭记和念怀，成就了花一样的美好。

花丛的旁边塑了一尊雕像，红基黑质，我宁愿相信那就是曼德拉。刘艳继续着她的解说，每一种花好像都有一个故事，每一个故事好像也牵连着一种

South Africa

花，花事人事世事，事事有因有果。我不愿探究编纂的成分和真实的价值，哪一个故事不是改编后的现实与令人感到更加真实的改编？

我拎着相机去拍帝王花。第一次结识，又那么多花色，只想多记录。它的繁盛，它的美艳，它的奇特，它的多变，甚至粗壮的茎，光泽的叶，都能勾引

谁不想当最美的花呢

天堂鸟曼德拉花

拍摄的欲念。帝王花，名字霸气，花形妙趣。看上去好像没有花瓣，而是一朵盛放的花球，球心绽满斑斓的花蕊，周边则是多姿多彩的苞叶，丰富的颜色反衬了花球的丽艳。

帝王花的原产地也是南非，又因寓意旺盛与顽强、胜利与圆满、富贵与吉祥，难怪被南非人尊奉为国花，视如宝贝。刘艳的讲解也如数家珍，每一种花色都介绍得跟花儿一样完美，什么皇后、金粉、火焰、红珊瑚、圆玫瑰……好像每一种花都有个美好的名字，犹如家里的女儿般娇若千金。她讲解一个我拍照一个，不满意了又删除重拍，深怕伤害了花儿的自尊，丑化了花儿的娇美，比对待恋人还小心翼翼。

"可能你们更不知道，帝王花还有一个名字，菩提花。"见我们疑惑，刘艳又强调了一遍，"对，菩提花，跟佛教追求的菩提和尊崇的圣树仅一字之差，但跟佛教没有关系，因为南非人不信仰佛教。"

然而依我看，即言菩提，便与佛结了缘，于是深得中国人喜爱，也就可以理解了。其实，不管什么花，如果让人感到愉悦与清新，这朵花就是你的佛，

盛开的球状花朵

South Africa

不远处传来孩子们的欢闹声

你的基督，你的安拉。一缕阳光令人自在与安详，阳光何尝不是佛，不是基督，不是安拉？自己也一样。自己让自己感到愉悦、清新、自在与安详，那么自己不就是自己的佛吗？

神灵无处不在，就看你什么心态。

不远处传来孩子们的欢闹声。那是一片绿草茵茵的坡地，一群幼童在大人的监护下追逐玩耍，像无忧无虑的精灵，欢乐了寂静的园林。那是人工修剪的草坡地，跟步道、木椅、雕塑……一样，把人文因子注入天然肌体，融洽了人与自然的亲密。园中有山有水，有树有灌，有花有草，疏密有度，空阔又紧凑。

当然，宁静是主基调。野鸟是流动的主人，经常走着走着便碰到几只休闲的，或一群飞翔的。鸟儿都不怎么怕人，人也不怎么骚扰鸟儿，各自享受着天然的清爽。中国人因少见而惊喜，大都喜欢追着鸟儿拍照，更喜欢与鸟儿合影，好像一辈子没见过野鸟似的。非洲数日，我数度为野鸟们庆幸和欣慰，假如它们生活或迁徙时途经中国，谁能担保它们能安全归巢？

　　我无意贬低国人的素质，但生活告诉了我许多事实。至今而言，还不曾在国内哪几个地方见识过野鸟如此温馨地亲近人，反而是人未到，野鸟已惊飞。恰如我们的现代文明，跟世界还有一段距离。

　　一只美丽的野山鸡边觅食边寻朋唤友，我随在旁边拍摄它庄雅的步态。穿过一丛灌木，又过一片花地，人行步道它一刻不停，好像已熟知不是它们的天地，径直去了一片阔大的草地。我没再相随过去，因为被近旁一群人的神态吸引。他们朝一棵大树下的草丛指指点点，显然里面藏着什么秘密。我欲近前窥视，被一位个头矮小的白人老太太伸胳膊拦住，她边拦边说，严肃的眼神、郑重的神情配合着轻柔的却连珠炮式的话语。我没听懂她的语言，但理解了她的意思：不能靠近，一点也不能靠近。

　　游客来一拨走一拨，站站停停，指指点点，议论纷纷。我把刘艳喊过来一询问，才明白草丛里有一只猫头鹰，很可能正在孵化，老太太不让人靠近打扰

宁静是主基调

South Africa

它。有人之前看到了，证实了这一说法，但我没看到。树冠浓荫，草丛密实，好像草丛深处还有个树洞，猫头鹰躲藏得很严实。然而，老太太仍然怕有人靠得太近，惊乱了猫头鹰的情绪，于是一直守护。后来我发现，游客走完时，老太太便坐在不远处的木椅上，一旦有游客经过，她便站起走向大树和草丛。我不免觉得好玩，本来新到的游客并不知草丛中的秘密，她的阻止反而提醒了人们的好奇，好在游客都接受了她的警告，小心走路轻声说话，再好奇也只是多站了一会儿。

真是个认真执着的老太太。刘艳说，前几日她领客人来时，老太太已在这儿值守，看来她天天都过来。同伴问老太太会不会是植物园的人。刘艳否定得十分干脆，然后说很多开普敦人都这样，特别爱护动植物，依他们的理念，爱动物爱植物就是爱家园，也就是爱自己。

我倒觉得那只猫头鹰很有趣，植物园那么多隐秘的地方，它偏偏选在两条人行步道交叉口的草丛里筑巢，而且还是很长时间的孵化。它是在考验人类吗？还是从来就没遇到过骚扰，更不用说危险？我宁愿相信后者，但又疑惑老太太的行为岂不多此一举。显然，这不是个非此即彼的答案。即使没有骚扰，老太太的坚守也令人叫好，让人敬佩。

离开了植物园，我没有回头，那个严厉又慈祥的老太太一定还在那棵树下那片草丛边。我们是过客，好奇每一个神秘；那是她的家，维护每一寸安宁，也在为我们守护每一个神秘。

有了安宁，猫头鹰是幸福的；有了神秘，我们是幸运的。

守鹰的老人，她守的更是幸福和幸福温暖着的幸运。

SECTION 06 路过迪拜，到王子家赴宴

去非洲，很多航班都要落停迪拜。

迪拜是阿拉伯联合酋长国的最大城市、经济龙头，号称国际金融中心，贸易之都，时尚之都，更是建筑博物馆。提到迪拜，人们便想到豪华与富有。世界上第一家七星级宾馆帆船酒店，世界最高摩天大楼哈利法塔，世界最大购物中心，巨大的填海造地杰作棕榈岛、世界群岛……诸多前无古人的创举都为迪拜赢得了国际声誉。

可能人们忽略了，迪拜也是阿联酋的一个酋长国。阿联酋是由七个酋长国联合组成的国家，阿布扎比、迪拜、沙迦、哈伊马角、阿基曼、富查伊拉和乌姆盖万。阿布扎比面积最大，也是政治中心，国家首都；迪拜人口最多，经济发达兼具国际影响；沙迦屈居老三，但有阿拉伯世界文化之都的名号，其城市中心的古兰经纪念碑广场，一座巨大的翻开的古兰经雕塑，是阿联酋七个酋长国当年建国时签署联合协议的标志物。

近年来，阿联酋成为中国人最喜欢的出游目的地之一，不论是在街头还是宾馆商店甚至沙漠里，中国人的身影随处可见，中国话随时可闻。人们去观光，更喜欢去购物，物美价优的世界名牌奢侈品成了中国人的首选。

除了迪拜的帆船酒店、哈利法塔、棕榈岛、购物中心和沙漠冲沙，我倒建议到了阿联酋一定得去一趟阿布扎比，那里的皇宫酒店，以八星级的名号示人，豪华与特色绝不亚于帆船酒店。更不能错过大清真寺，尽管不是伊斯兰教信徒，但应去感受心灵的宁静，欣赏建筑的华丽和装饰的富贵。

South Africa

世界最高摩天大楼哈利法塔

阿布扎比大清真寺

　　每一个走进大清真寺的人都会惊讶恢宏壮观的气势和庄严肃穆的氛围。作为世界第八大清真寺，耗资55亿美元，仅黄金便用去46吨。整个清真寺用希腊产汉白玉包裹，远观近看洁白晶莹。精美的雕刻和镂花，均由杰出的中国工匠精心镂刻。主殿内铺就由1200名伊朗工人采用38吨羊毛，历时一年半编织面

看一眼都觉得眼花缭乱

积达5627平方米的地毯，精密得没有一条缝痕，造价高达580万美金，堪称世界最大手工编织地毯。由德国制造价值千万美金的七个世界最大的镀金黄铜水晶吊灯，分别悬吊在主殿不同的厅堂，看一眼都觉得眼花缭乱。

财富供养信仰，这是信仰的力量。精神的寄托，虽然被物质包裹，也干净清爽。这座为纪念阿联酋第一任总统谢赫扎伊德建造的清真寺，高调地对游客开放，只不过必须脱鞋进入，女士还必须穿上阿联酋妇女传统的黑色衣裳。谢赫扎伊德的陵寝也在寺内，但不允许靠近，不知每天纷至沓来的人流，是否打扰了他沉睡的梦境。

我还想提议，到了大清真寺，无论是否内急，一定要去位于地下的洗漱间转一转，那里的干净、讲究以至奢华，是想象力不可企及的，身临其境才能体会穆斯林对真主安拉的尊敬。

从皇宫酒店出来时，可以绕到阿联酋总统府（也是阿布扎比酋长府）门口看一眼，但不准停车，当然也不许拍照。迪拜酋长府门口则可以停车，也可以拍照留念。门前林荫道上众多的孔雀，最是吸引游客兴趣的宠物。酋长及其家

South Africa

精神的寄托

迪拜酋长府

族的神秘，都掩映在那道威严的大门里，能近前目睹片刻，已觉满足了些许好奇，如能走进他们中间，恐怕是想都不敢想的惊喜。

我很荣幸，有机会接触了他们，走进了他们的家，品尝了一次他们的家宴。

不在阿布扎比，也不在迪拜，而是沙迦，沙迦王子家。

近些年，不仅中国游客蜂拥阿联酋，商人也接踵而至，仅迪拜一城即有近

沙迦酋长国王储

30万中国人，中国商品更是充斥当地市场。阿联酋不接受移民，除非同当地人通婚，因而去阿联酋的中国人要么做工要么经商。虽然阿联酋实行私有化，但资源大多集中在皇家王族，尤其是土地。如果想经商顺利，与当地王家贵族交结并寻求保护是绝佳途径，而中国商人尤其擅长此道。

潮汕年轻企业家张先生大学毕业即到迪拜闯荡，数年间从小到大，生意越做越红火，后来结交了沙迦王子，合伙投资建材城，在阿联酋撑出了一片天，年纪轻轻便成为当地华商才俊，并领衔创立了广东商会，团结华商共同打拼。

张先生带我们去考察了迪拜老城的黄金街和有大量中国商人开店的龙城商品城，然后说晚上去拜访沙迦酋长国王子。他的安排突如其来，我们很高兴更重视，回酒店沐浴换装，人人西装革履、仪容端庄。中国人在家随意，一旦与外人交往，还是十分注重形象的，祖先文化的熏陶，国际礼仪的约束，这一点上越来越不输给西方人。

从迪拜去沙迦仅几公里路程，公路四通八达，几乎连为一体。暮色里城市面貌朦胧，比不上迪拜的豪华，但也现代得异彩纷呈。车子拐了几个弯，走进

South Africa

一片空间宽绰的居民区，院院落落间隔着荒地，院内的建筑以平房为主，氛围有点清寂。还在观察，车子驶进一个院门，然后停在不大的庭院里。

水泥砖铺地，小花坛点缀，数辆豪华轿车夺人眼球。一行人被郑重地带进旁边的房子，门不大，进去却是宏敞的厅堂。一块巨大的地毯花色鲜艳，三只华美的吊灯明丽灿然，穹顶墙壁焕放金色，阿拉伯风格的图案修饰其间，半圆

各色主菜、糕点与水果摆满了餐桌

酋长及家人照片悬于正堂

06 路过迪拜，到王子家赴宴

弧的窗户花帘遮掩，三面墙下置放素色布质长沙发，前置深红雕花茶几，一面墙前摆放长条台桌，各色瓜果点心均匀布满，数盆花草躲在沙发后，绿意伸手空中绽放笑脸，几幅酋长及家人照片悬于正堂，营造了主人临驾的气场。

不奢也不简，清爽而素雅。我们安静地坐下，等待王子接见。时间很慢。茶几上摆了几样饮料茶水，依各人喜好选取。张先生说不必拘束，王子很平易近人的。于是身心放松了些，有人提相机拍厅堂的装饰和摆设。这时进来几位身着阿拉伯白色大袍头裹白头巾的年轻人，为首的体态肥胖满脸浓密的络腮胡子。张先生起身迎上前，把我们一一介绍给络腮胡子，然后落座叙谈。我以为络腮胡子就是今天要见的王子，正襟危坐地听他们寒暄，张先生权作翻译，另几个也是满脸络腮胡子却刮得只余胡茬的更年轻的英俊男士坐在旁边的沙发上无聊地发愣。相互情况大致介绍完，场面出现一时的冷清，浓密络腮胡子起身走出了厅堂，我们不知如何是好，走留都不妥，毕竟那几个更年轻的络腮胡子坐着没动。

停了片刻，张先生才说，离开的那位浓密络腮胡子是酋长的二儿子，当然也是王子。另几个年轻男士是酋长家的亲戚，而今儿的主角大王子准确称呼应该是王储还没出现。我们乍听既轻松又纳闷，轻松于看来气氛不像我们想象的那么严肃，纳闷于王子们现身也要分个长幼先后，是规矩还是凑巧？

又过了十多分钟，一位只在嘴唇上留着胡须的富态中年男子缓步走进来，张先生又是起身迎上，将我们一一介绍给他，又是一番互相介绍情况的寒暄，又是短暂的冷清，又是中年男子不打招呼地自行离开。我搞不清是不是王储，以刚才的经验判断必是王室成员，因而依旧正襟危坐，但身心放松了许多。

他就是王储，今天的真正主人。但他的随意让我们坐立不安。张先生说，又不是官方会见，我们是来他家做客的，不必那么正规，像参加谈判似的，虽然是客人，也不要太过拘谨。

那几个年轻络腮胡子也是坐坐走走，但也通过翻译跟我们闲聊几句，问些感兴趣的中国问题。气氛轻松而融洽，时不时发出些笑声。

俄尔，王储和二王子又先后走进来，坐在沙发上与我们闲扯。王储面相慈善，说话慢声慢语，笑也是微笑；二王子性格要开朗些，动作也随性些。两人同样富态，但王储面相更感亲切。有意思的是，二王子以及他们的年轻亲戚都

是一脸络腮胡子，而王储却脸腮干净，不是刮得干净，确实没有胡茬。

后来又发现，他们白袍裹身白巾包头，脚下却简单明了，大部分趿拉着拖鞋，有的干脆赤脚，完全一种在家放松的状态。尽管在异域的客人面前，却让我们一身正装的不大自在，仿佛讲究得过于客气了。

王储和二王子又离开了，过会又回来了，三番五次，我们也不再拘谨于沙发里，他们来时我们坐下陪，他们走了我们自由地在厅堂溜达。后来有人提议说我们回吧，甚至有的走到了门口，但张先生说王储准备了家宴，邀请大家一起共进晚餐。我们又是一惊一喜，甚至有些受宠感。

终于，工作人员将我们领进会客厅后面的院落，餐厅设在对面。没有会客厅大，但装饰依然素雅。似乎尊重中国人的习惯，将三张大圆桌并成一排作为主桌，旁边一条长方桌为附桌。王储、二王子及其亲戚已坐定，我们任意选取座位。没有任何客套，没人致辞，直入正题。每张圆桌中央放一个硕大的不锈钢盆，满满腾腾的蒸米饭，饭里混着坚果、豆类，最夸张的是埋藏着七八只整

盛满当地特色菜的硕大不锈钢盆

鸡。钢盆四周有成盘的鲜蔬菜、烤饼，还有牛奶、橙汁、雪碧、矿泉水等饮品。

王储边用勺子盛饭边示意大家自己动手。我依葫芦画瓢，盛了两勺饭，开了罐橙汁，夹了些蔬菜。饭像我们中国的炒饭，但是蒸的，味道更厚，吃起来还算可口。语言不通，交流很少，各人闷头扒饭。王储见无人动那些埋藏的整鸡，自己动手撕扯开鸡肉，分给身边的客人，引得一桌人纷纷起身跟着撕扯，气氛顿时活络得喜色荡漾。

然而分量太多，一盆饭盛掉不足十分之一，那些鸡连一个也不曾消耗完。按中国人的思维，不只是浪费，简直有点作孽，岂止是可惜能言尽。我事后问过张先生，他解释说剩下的不会倒掉，家里的工作人员悉数拿走，可能也是王公贵族们施仁的一种途径吧！

二王子先离开了，接着王储也起身，他们吃饱了，丢下了客人。没啥讲究的规矩，谁吃完谁先走，不用打招呼。我们只得快马加鞭，三下五除二，清扫

沙迦酋长国王子家会客大厅

South Africa

完盘中餐，一个个尾随而出，重新回到会客厅。原来那里摆好了各式糕点和水果，先到的已端着满盘糕点水果坐在沙发上朵颐。几勺蒸饭已经填满了我的胃，看着花色繁多的糕点，确实比蒸饭吊人胃口，想吃，但胃实在承受不了，只怨自己太贪眼前，不知美味在后头。

享受罢糕点水果，家宴自动结束，没有告别，没有客气，没有流连，王子们不知何时隐遁了踪影，或许他们曾经打了声招呼，他们的几位年轻亲戚依旧坐在沙发上闲谈。我们纷纷走出会客厅，走向来时的汽车。

夜已深，辨不清院里的布局。照明的灯光很柔弱，整个院落和屋宇隐秘在静寂的夜色里，没有想象中的灯火辉煌，仿若少年时走出静悄的村庄。

我的兴趣还徜徉在王子们的礼节里。张先生说，他们都很随性，在家里接待客人，都是这样不拘礼节，大家都感到轻松自在，可能第一次做客不大习惯，如果第二次到访，会有拜访老朋友一般的轻松愉快。皇族家庭看似神神秘秘，除了家族传统的规矩和礼仪，他们的情感跟我们有许多共通之处，他们都是可以做朋友的人。

或许，这恰恰验证了中国的成语少见多怪，毕竟是第一次接触王公贵族，从片面抑或刻意传播中得到的认知，经亲身的感受才有了崭新的印象。也许同为王公贵族，因文化、种族、传统、习俗、教育等诸多因素，他们所展待人接物会大相径庭，世界本来是丰富多彩的，王公贵族也不可能都一样。

回去的路上，我突然怀疑那座院落是不是王子们的休闲庄园或专门所，但张先生说确实是他们的家，王子们的家。

那大盆蒸出的鸡肉米饭，确实是王子的家宴。

后记

记取感动

每一次行走在异地异域,新感觉新感触新感动无不裹身扑面,路途上我让眼睛享福,让心情愉悦,让身体舒坦,让大脑活跃,然后携带满腔感叹感悟感奋落墨于笔端。如同一次生命轮回,行程结束后沉淀、记载,而且是文学笔触的记载,方才觉得功德圆满,还了愿一般心静神安。

习惯总成自然。去非洲尽管路程紧凑,但每天都会记点东西,不仅是沿途见闻,更多的是感触和感动,最初的只言片语,能给后来的落笔成文、出手成章升华出别样的精彩。

非洲太神秘,太天然,太纯粹,一山一水一草一木一城一乡……那里的自然与人文、动物与人类,都让我一路惊喜一路感动。苍老的埃及,每一块倒塌的碎石上都刻写着近乎湮灭的历史,行走其间,遗憾与感动常常令精神失助。陌生的埃塞俄比亚,贫穷与奋争流泻在苍翠的大地上,敞开的胸膛正接受时代变迁的风霜。动感的肯尼亚,哪怕只在马赛马拉站一站,在大裂谷边看一看,地球原本的模样和生态仿若宗教般,能给世俗的身心带去一次洁净的洗礼。还有发达的南非,文明与恩怨冲撞的前线,坚实的基础能否支撑未知的前程?种族和解能否像美丽的桌山一样,虽然怪石嶙峋,但远看去依然平坦?

当然更有中非之间的感情,尽管语言不通肤色不同文化不一,但无论走在哪个国家,那里的人们对中国的友好,总能令人犹如走亲访友般感动和慰藉。

记取感动,不仅是留念,也是升华。走马观花的无奈,不应再留过眼烟云般的遗憾。定格的照片,用文学性的语言解说,不只是修复与还原完整的行程,也是感情自然流露的最佳途径,文字的魅力正在于让感动永恒。

而且，我不愿记成枯燥的流水账。近年来，攻略式的游记充斥图书市场，仿佛携手一本即可畅通无阻，那是懒人们的旅游手册，真正的旅行者，不只用脚步，更要张开心灵的眼睛，用感情去体验，用智慧去思索。疲倦后的感动，才能缕出易逝易丢的生命价值。

但当下的阅读市场又不得不考虑。尽管纯文学气质高雅，孤芳自赏的清高未免脱俗了人间烟火。市场是大众的更是现实的，容不得鄙视与厌弃。生活验证的哲学命题，比文学实用实在得多。

中国地图出版集团测绘出版社生活文化分社社长兼总编辑赵强先生一直关心重视这本书的写作，多次与我电话交流，提出了许多中肯可行的建议。赵强总编十分热情和认真，对这本书的出版倾注了大量心血，细致到书名的拟定都与我反复商量，令我非常感动。在此真诚感谢赵强总编和出版社的朋友。

最初的书名定为《黑非洲的色彩》，赵总编善意地提出异议，我于是搜肠刮肚再谋新名，同时求助好友。数天里，收到几十个新颖的主意。老领导庄立权，老同学袁敏殊，新老同事何敏、王民山、吴淑柔、胡卫林、江宏、詹瑞云、董晓英、王枫……都给了及时有用的帮助，我在这里记下他们的名字，以表诚心诚意的感谢。

还有很多的感动，我会珍藏在生命里，滋润我酸甜苦辣的生活。

——陈冬雷

2014年11月20日